KB012129

"봉인당한 호랑이하고 내가 같을 거라고 생각하니?"

"나는 너를 사랑하고! 너 역시 나를 사랑하느니라!"

"닥쳐!"

"나와라, 짠! 만능 세희!
도련님의 소원을 들어주기 위해 여기 등장~!"

중2병이라도 사랑만 있으면 상관없어~!2

카넬 지음
영인 일러스트

목차

계속하는 이야기

세희에게 뺨을 맞았다.

지난 한 달간 이 녀석이 아무리 화가 났다 해도 내게 직접 손을 댄 적은 없기에, 나는 아프다기보다는 당혹스러웠다. …… 멱살을 잡혔던 것은 당연히 기억하고 있지만 그건 간접 폭력이었으니 넘어가자. 내가 뺨 맞는 모습을 봤다면 화를 냈을 나래는, 삐쳐도 단단히 삐친 랑이 때문에. 세희와 사이가 좋지 않은 정미 누나는 내 부탁 때문에 자리를 비워서 다행이다.

"정신이 기형적으로 성장하신 것이 마치 우리나라의 경제 상황을 보는 것 같아서 마음이 아픕니다, 도련님."

"난 지금 볼이 아픈데."

"몸의 상처는 아물지만 마음의 상처는 아물지 않는다는 이야기, 혹시 들어 보셨습니까?"

"야, 아무리 그래도 네가 그런 말을 하냐?"

세희의 눈매가 예리해지며 평소의 가면 같은 무표정에 쫘자작 금이 간 것을 보아 지금은 내가 입을 다무는 게 몸의 안전을 위해 좋을 것 같다.

"그렇게 남의 눈치를 살피는 것을 잘 하시는 분께서 도대체 왜 그러셨던 겁니까."

세희가 화난 이유는 알고 있다.

랑이를 화나게 만든 나의 말. 오만이자 독선에 가까운 주장으로 인해 랑이가 꼬리 끝까지 화가 나서 방구석에 틀어박혀 농성 중이거든. 평소의 평범한 농성이었다면 큰 문제가 없었겠지만 지금은 평소와는 다르고 랑이는 평범한 농성조차 거부했다.

……어, 그러니까, 호랑이로 변해 버린 거다.

다행인 건 지리산에서 본 크기는 아니고 내 방에 딱 맞을 크기의 호랑이라는 걸까.

문을 열면 랑이의 포동포동한 엉덩이와 털이 곤두서 있는 꼬리의 일부분밖에 보이지 않는 상황이라 뭐 어떻게 해야 할지 감도 안 잡힌다.

이 모든 게 나 때문이라 세희에게 할 말이 없긴 하지.

냥이와 세희조차 놀라 입을 다물지 못하게 만들었던 나의 주장에 랑이는 진심으로 내게 화를 냈다. 한번 해 보라고 했던 성훈이 죽일 놈이라는 말도 제대로 하지 못하고 포기한 그

랑이가 진심으로 나에게 바보, 멍청이, 나쁜 놈이라고 말을 할 정도로.

이런 말을 하면 세희에게 맞겠지만 그런 말을 들은 건 나에게도 큰 충격이었기에 랑이에게 선수를 빼앗기지 않았다면 내가 먼저 방구석에 틀어박혔을 거야.

"그래서 그 생각은 지금도 변함이 없으십니까."

가정의 이야기를 할 때가 아니었나 보다.

"그래. 바꿀 생각이었으면 말도 안 꺼냈을 거다."

세희가 인상을 찌푸리고서는 한숨을 쉬었다.

"그걸 보고도 생각을 바꾸지 않다니. 이래서 남자들이란……."

"뭐가?"

"자기 생각만을 밀어붙이는 것이 오라버니를 꼭 닮으셔서 정말 할 말이 없습니다."

"나까지 엮지 말아 줄래?"

"핏줄을 부정하고 싶으시겠지만 도련님께서는 오라버니의 빼도 박도 못하는 외동아들이라는 것을 제가 보증합니다. 필요하시다면 유전자 검사도 해 드리지요."

네가 그러니까 부정하고 싶은 마음조차 들지 않는구나. 그러면 다른 걸 부정할 수밖에.

"네 마음에 들지는 않겠지만 나는 내 방법이 틀렸다고 생각하지 않아."

"누가 틀렸다고 했습니까?"

세희의 사람을 내려다보는 시선은 적응이 되지 않는다.

“요즘 세대는 우리말에 대한 이해가 뒤떨어진다는 사실을 알고 있었지만, 설마…….”

왜 말을 하다 말고 턱을 짚고 일부러 고민하는 척을 하는지 나는 알고 있다.

“죄송합니다. 도련님의 국어 성적을 깜빡하고 말았습니다.”

날 놀리기 위해서지.

“그래서 뭐가 문젠데?”

“도련님이 생각해 내실 해결책은 저조차 상상하지 못한, 하늘과 땅을 뒤엎는 것과 같은 발상이었습니다. 도련님의 주장은 올바르기에 명분이 있고 명분이 있기에 힘이 있어서, 그 뜻대로 이루어졌을 경우 주인님과 도련님을 둘러싼 거의 모든 문제가 해결되는 비장의 한 수였다는 말입니다.”

내가 지금 으쓱으쓱한다면 세희에 대해 하나도 모르고 있다는 걸 증명하는 꼴이 될 거다. 나는 의심을 풀지 않고 긴장을 놓치지 않은 채 말했다.

“알아듣기 쉽게 요점만 말해.”

세희가 말했다.

“저는 사실 처녀가 아닙니다.”

사레가 들렸다.

“콜록콜록콜록!! 무, 무슨, 콜록콜록, 헛소리야?!”

그리고 그게 나하고 무슨 상관이냐?! 내가 기침을 계속하자 세희가 내게 물을 건넸다. 물 한 모금을 마시고 나서야 나는 진정이 되었고 그 때를 기다렸다는 듯이 세희가 말했다.
"다르게 말한다면, 지금까지 살아오면서 깊은 관계를 맺었던 남성분이 몇 분 계셨다고 할 수 있겠죠."
이번에는 다행히 몸이 격한 반응을 일으키지 않았다. 세희가 무슨 말을 하고 싶었는지 알았으니까.
"말하는 방식이 잘못됐다는 거야?"
세희가 무표정한 눈으로 나를 바라보며 정말 성의 없게 짝-짝-짝- 박수를 쳤다.
"자각이 없는 도련님을 위해 여자의 수치심을 무릅쓰면서 알기 쉬운 예를 들었던 저를 위해 박수를 보냅니다."
"내가 시켰냐?!"
"자신의 입을 통하지 않았다는 점에서 도련님이 얼마나 더러운 분인지 알 수 있겠지요."
……지금 시시비비를 가리는 건 별로 좋지 않은 것 같다.
"뺨 때린 거로 화 푼 줄 알았는데."
"자신의 신체에 그만 한 가치가 있다고 생각하십니까?"
음.
나는 나름대로 굽히고 들어갔는데 계속 비아냥거리니까 속에서 울컥울컥 뭔가 치솟아 오른다.
"그러면 내가 도대체 어떻게 했어야 하는데?"
"이제야 물어보시는군요."
세희가 소매에서 화이트보드와 매직을 꺼내 들었다. 그런데 안경은 언제 쓴 거야? 넌 마술사냐? 황당해서 화가 다 가라앉을 지경이잖아.

"도련님. 인간은 실수와 실패와 절망과 절규와 슬픔과 슬럼프와 자괴감과 자격지심을 통해 교훈을 얻는 법입니다."

"나, 교훈 안 얻을래."

"내일부터 돼지 사료를 상에 올리겠습니다."

"농담도 못 하냐."

난 한숨을 쉬고 무언으로 세희에게 이야기를 재촉했다.

"이번 일로 도련님께서 얻으셔야 할 교훈은, 상대방을 이해해 주며 그 이해를 바탕으로 배려를 해 줘야 한다는 것입니다."

"이의 있다."

"어이없는 소리를 하실 거면 가만히 듣고 계시기 바랍니다."

나는 내 생각이 충분히 말이 된다는 결론을 낸 뒤에 말했다.

"계속해."

문제는 내 주장이 세희의 독이 듬뿍 담긴 능수능란한 혓바닥을 이길 정도는 아니라는 점이지.

"도련님께서는 이미 주인님께서 당신의 해결책을 들으면 어떻게 반응하실지에 대해 알고 계셨습니다. 이 말을 부정하신다면 저는 입을 다물고 도련님께 거짓말쟁이라는 별명을 붙여 드리겠습니다."

당연히 알고 있지.

랑이는 요괴 아이들을 정말로 소중히 여기고 있다. 심지어

오랜 시간 동안 같이 지내 오며 자신을 위해 물불을 가리지 않는 세희조차, 그 녀석들을 죽인다는 말을 하자 용서하지 않겠다는 말을 했을 정도로.

하지만.

"솔직히 랑이가 그 애들을 자기하고 겹쳐 볼 줄을 내가 어떻게 알겠냐고."

"주인님의 착한 심성을 통해 충분히 유추해 볼 수 있는 사실이 아닙니까."

"……내가 너냐."

"제가 아니어도 충분히 가능한 일입니다. 설마 자신이 했었던 일을 주인님께서 안 하실 거라고 생각하셨던 겁니까."

"내가 언제?"

"지리산에서 참 많은 일이 있었죠."

랑이를 처음 만났을 때와 치이를 도와줄 때의 일을 왜 지금 와서 꺼내는 거야. 할 말 없게.

"그건 그렇고."

"봐드리겠습니다. 말씀해 보시지요."

고맙다, 야.

나는 헛기침을 통해 마음을 바로잡고 말했다.

"랑이가 요괴 아이들을 소중히 여기는 건 억지로 떠넘겨진 왕의 자리 때문이잖아. 그렇다면 난……."

"도련님."

네가 생각하기에는 어이없는 소리라 이거지.

“먼저 그 말씀에 대한 반박을 예를 들어 하자면, 주인님과 도련님의 사랑은 저의 손에 의해 계획된 것입니다. 하지만 그렇다 한들 두 분의 마음이 거짓이라 할 수 있습니까? 이미 이 이야기에 대해서는 전에 결론지어지지 않았습니까.”

“사랑하느니라. 너를 사랑하느니라. 내 모든 것을 바쳐 너를 사랑하느니라. 하늘에 점지여 받은 나의 이름, 범이의 이름을 걸고 맹세하느니라. 이 사랑은 오로지 나의 것이며 너의 것이니라. 그 누구도 내 사랑에 간섭할 수 없느니라.”

나의 마음을 다잡아 주었던 랑이의 고백이 마치 어제 들은 것처럼 생생하게 귓가를 맴돈다.

“어떠한 계기로, 어떠한 이유로 생겨난 마음이라 할지라도 그 또한 주인님의 것입니다. 주인님께서는 바보가 아닙니다. 주인님의 귀엽고 사랑스러운 외관 때문에 **스스로 생각하여 자신의 마음이라 결정하신 뜻까지 무시하시면 안 됩니다.**”

……할 말이 없다.

“잠시 엇나간 이야기를 다시 되돌리겠습니다. 도련님께서는 그 마음이 생겨난 계기 자체가 올바르지 않기 때문에 주인님의 뜻을 부정하는 것이 잘못되지 않았다고 생각하셨을 겁니다.”

나는 느리지만 확실하게 고개를 끄덕였다.

“저 역시 그 점에 한해서는 도련님의 생각에 동의합니다.

하지만. 하지만 말입니다, 도련님."

세희는 화이트보드에 작은 원을 그렸다.

"정말 이런 방법밖에 없었습니까?"

그리고 빈 공간에 점을 찍고서는 선을 그려 그 원을 침투한 뒤 헝클어지듯 색을 칠했다. ……응? 저건 옛날에 회장이 했던 거하고 비슷하잖아?

"도련님께서는 이런 방법을 쓸 수 없었던 겁니까?"

이윽고 세희는 작은 원을 포함하는 큰 원을 그리고서 작은 원의 테두리를 지웠다. 회장이 했던 것과 크게 다르지 않은 설명에 나는 예전 세현이 했던 말을 세희에게 돌려주었다.

"……만화 보고 따라 하는 거냐."

왜 그렇게 놀라냐.

"도련님께서도 판타지 개그 만화의 새로운 장을 연 그 전설적인 작품을 보셨습니까?"

"아니. 그냥 예전에 너하고 똑같은 예를 든 사람이 있어서."

세희는 눈에 띄게 아쉬워하는 표정을 잠시 지었지만 곧 평소의 무표정으로 돌아와서는 말했다.

"그것참. 나중에 한번 뵙고 싶군요. 이 난리가 끝나면 말이죠."

"소개해 줄게."

"기대하겠습니다."

문제는 이 난리가 언제 끝날지 모른다는 거지.

세희도 그것을 알기에 둘 사이에 잠시 침묵이 찾아왔지만 말 그대로 잠시였다.

"도련님."

그래도 그 시간 덕분에 나는 생각을 정리할 수 있었다. 내가 어떻게 할지도.

"알아. 네가 무슨 말을 하고 싶은지."

"그래도 들으시지요. 도련님께서는 올바른 결론을 냈습니다. 제가 가정 교사였다면 도련님께서 좋아하는 음란 매체에서나 나올 법한 상을 주었을 정도로 말이죠. 문제는 도련님께서 결론을 토대로 나온 해결책이 너무나 이상적이며 올바른 방식으로 정하여졌다는 것입니다. 물론 그것은 잘못된 일이 아닙니다. 사내다운 패기와 범 같은 용기가 돋보이는 방법이었으니까요. 다만 안타까운 것은 그 방법에 주인님에 대한 배려가 조금도 없었다는 겁니다."

"……그러면 왜 안 말렸어?"

세희가 떫은 감을 먹은 것처럼 표정을 찌푸리며 말했다.

"……제 허를 찌를 정도로 놀라운 방법을 생각해 내신 도련님께서 설마 주인님께 그런 돌직구를 던질 거라고 누가 알았겠습니까."

진심이냐.

"미안하구만."

"아셨으면 이제 자기가 저지른 일에 대한 책임을 지시기만 하면 됩니다."

구구절절 옳은 말이다.

하지만.

"그래도 랑이를 설득할 생각은 없어."

그렇다고 내 마음이 변하는 일은 없다. 경천동지할 만한 일이 일어나지 않는 이상 말이야.

약해지지 마라. 이미 저질러 버린 일이다. 그리고 나는 내 방식대로 행동하기로 이미 마음먹었다. 랑이를 설득할 생각을 하면 안 된다. 나는 그저 내가 옳다는 것을 랑이에게 증명해야 한다. 평소처럼 랑이에게 져 줄 수 없는 일이라는 말이다.

"역시나 당신을 막는다면 자살한다고 저를 협박한 오라버니의 아들다운 패기이십니다."

……그러니까 엮지 말라고.

쏟아 버린 물을 다시 담을 생각은 없지만 적어도 행주로 닦아서 청소할 생각은 있다. 그렇기에 나는 문을 열고 거대한 랑이의 엉덩이를 보며 말했다.

"랑이야."

꼬리가 아주 살짝 움직였지만 별 반응은 없었다. 다행이지. 평소와 같았다면 좌우로 흔들거리는 꼬리 때문에 집이 박살 날 수도 있으니.

"화 많이 났어?"

사람이든 동물이든 엉덩이로 이야기할 수 있는 경우는 없다고 알고 있다. 있다면 이야기해 줘.

나는 아무 말 없는 랑이 때문에 마음이 무거워져서 한숨을 쉬고 말았다.

"랑이야."

나는 손을 들어 랑이의 엉덩이……라고 하니까 범죄를 저지르는 것 같다. 옆에서 보면 흰 털 뭉치에 손을 올리는 것뿐인데.

어쨌든 난 랑이의 몸에 손을 댔다.

"내 얼굴도 보기 싫을 정도로 화가 난 거야?"

"그걸 꼭 말로 해야 알아듣겠느냐."

랑이와 비슷한 음색, 말투였지만 내가 원했던 목소리를 아니었다. 나는 어느새 다가와서 곰방대를 입에 물고 연기를 뻑뻑 뿜어 대는 냥이에게 말했다.

"내가 우리 집에서는 금연이라고 몇 번이나 말했을 텐데."

"그걸 내가 알 게 무어냐."

함께 더불어 살아가는 아름다운 사회라는 표어도 모르나.

"그래, 이 기름장에 설탕을 넣을 것 같은 멍청한 놈아. 흰둥이에게 말을 거는 것을 보아 이제야 자신의 잘못을 깨달은 것 같구나."

세희고 냥이고 나를 기분 나쁘게 하는 방법을 너무나 잘 알고 있어서 짜증 난다.

"그걸 네가 알 게 무어냐."

그래서 그대로 돌려주었다.

"흥!"

냥이는 고개를 휙 돌리고서는 혼잣말을 하듯, 하지만 나에게 너무나 잘 들리도록 말했다.

"뭐가 '그럼 실제로 보여 주겠다~.'는 건지……. 아주 조금이나마 기대를 걸어 본 내가 한심하구나."

이 자식이?

"네가 나한테 기대를 했다고?"

"네놈은 복권도 안 해 보았느냐."

그 돈이면 아이스크림을 하나 사 먹고 남은 돈으로 껌까지 살 수 있다고.

"내가 네게 건 기대는 그런 것이니라. 혹여나 오해 같은 건 하지 말거라."

그런데 이 녀석은 당연히 내가 해 보았을 거라고 생각하는 것 같다. 나를 인생 한 방 대박을 노리는 사람이라고 생각하지 마라.

"한 적 없는데."

"응?"

랑이와 같이 머리카락으로 물음표를 만드는 냥이에게 나는 말을 좀 더 풀어서 해 주었다.

"복권 같은 거 해 본 적 없다고."

냥이가 인상을 찌푸렸다.

"말꼬리 잡지 말거라."

"네 의기양양한 꼴은 보고 싶지 않거든."

심술에 대한 보답이라는 듯이 냥이는 담뱃대를 거꾸로 들었다. 그 안에 있는 담뱃재가 덩어리 지어서 방바닥에 떨어졌다. 한동안 잠들어 있던 가정주부의 혼이 그것을 넘어가지 못

해서 나는 그 자리에 주저앉아 손수건으로 방바닥을 치우며 말했다.

"야, 인마!"

"나 역시 그러하느니라. 네놈에게는 그런 꼴불견이 어울리니까."

아무리 랑이의 언니라고 해도 이 녀석과는 잘 지낼 수 없을 것 같다. 잘 지낼 생각도 없지만.

그 마음을 가득 담아 노려보고 있자니 냥이가 고개를 돌렸다. 냥이의 시선이 향한 곳은 방 안을 가득 채우고 있는 랑이의 엉덩이였다.

"그래서 이제 어떻게 할 것이냐."

냥이가 무슨 의도로 물어본 건지 너무 막막하기에 나는 생각나는 대로 말했다.

"뭘."

……말했잖아. 생각나는 대로 말했다고. 내 질문에 냥이는 인상을 다시 한번 찌푸렸다. 그러지 마라. 지금은 질문을 제대로 하지 못한 네 잘못이니까.

"지금 상황에서 내가 묻는 의도가 무엇인지 이해하지 못했다는 것이느냐?"

"아, 미안. 이렇게 말해야 했지."

나는 숨을 들이마시고 아주 잠시 생각에 잠긴 듯 고뇌하다가 입을 열었다.

"그걸 네가 알아서 뭐하게?"

냥이의 꼬리가 부풀어 올랐다. 이번에는 화가 조금 난 것 같다.

"이 망할 것이, 자기 주제도 모르고 기어오르는구나!"

"내 주제는 잘 모르겠지만 대화의 주제는 대충 알 것 같거든."

나는 냉정하다. 랑이가 이렇게 되었다고 한들 냥이는 내 편이 아니다.

"네가 무슨 짓을 할 줄 알고 내 생각을 곧이곧대로 말해 주겠냐?"

왜 놀라는데? 내가 무슨 말이라도 잘못 한 것처럼.

"네놈은 지금 이런 상황에서도 그런 말을 할 수 있느냐?"

왜 못 해? 나는 그 말이 목구멍까지 올라왔지만 입 밖으로 내지는 못했다.

"눈에 넣어도 안 아플 만큼 사랑스러운 우리 흰둥이가 삐쳐서 방 안에 틀어박혀 있지 않느냐?! **내가** 말을 걸어도 대답조차 해 주지 않으니라! 이런 경천동지할 만한 상황에서 네놈은 어떻게 그리 계산적인 생각을 할 수 있단 말이느냐?!"

지금까지 랑이와 같이 지내 오면서 늘어난 호랑이 요괴에 대한 지식이 지금 빛을 발했다. 이 녀석 지금 진심으로 말했어.

……우와. 진짜 팔불출이다. 아무리 동생이 걱정돼도 그렇지, 두 주먹을 가슴 앞에 모아 쥐고 지금이라도 발을 동동 굴릴 것같이 하면서 눈에는 물기까지 감돌고 있는 것이……. 언젠가 본 랑이의 모습과 꼭 닮아서 내가 할 말을 다 잃을 정도

다.

하지만 그건 그거, 이건 이거다.

"그럴 수도 있지."

냥이의 기색이 확 바뀌었다. 조금 전까지는 주인에게 사료가 맛없다고 칭얼대는 아기 고양이 같았다면 지금은 사냥감을 잡으려고 하는 호랑이와 같다.

"그걸 지금 말이라고 지껄이느냐! 네놈은 지금까지 흰둥이가 저러는 걸 한 번이라도 본 적 있느냐?! 없지 않느냐! 너는 정녕 문제의 심각성을 모르고 있는구나!"

아침에 일어나서 지금까지 심각한 상황들이 이어지다 보니 감각이 조금 무디어졌을 수도 있겠지. 그렇다고는 해도 냥이만큼 과민 반응을 보일 필요는 없다고 생각한다.

"네가 더 심각하다는 건 알겠다, 야. 랑이도 화가 나면 삐칠 수 있고, 방구석에 틀어박힐 수도 있는 거지. 뭐, 그런 걸 가지고 난리야?"

냥이의 눈이 동그래졌다.

"네, 네놈은 제정신이 아니로구나."

요즘 들어서 자주 듣는 말이지.

"내가 보기에는 네가 너무 호들갑인 것 같은데."

마치 우리 아이가 왕따 같은 나쁜 짓을 할 리가 없어! 라고 극성떠는 아주머니를 보는 기분이야.

"지난 5천 년 동안 나는 흰둥이가 아무리 화가 났다 한들 이런 모습을 보이는 걸 한 번도 본 적이 없단 말이니라!"

속에서 불을 토하는 냥이를 보고 있자니 나는 저러지 말자라는 생각이 들어 점점 마음이 차분해져 간다.

"그 5천 년 동안 랑이를 오냐오냐 키워서 그렇겠지."

"네노옴!!"

진짜 화났는지 꼬리가 삐쭉 서는 것에서 끝나지 않고 머리카락까지 넘실넘실 춤을 춘다. 이건 좀 무섭군. 이 녀석은 다른 건 몰라도 랑이와 관련된 일에는 정말 어린애같이 감정을 대 놓고 드러내는구나. 이쯤에서 적당히 수습하지 않으면 사단이 나도 크게 날 것 같기에 나는 조금은 굽히고 들어가기로 했다.

"물론 랑이가 너무너무 귀여워서 그럴 수밖에 없었겠지만."

이 정도로 풀릴 거라고는 생각도 안 했다.

"어쨌든 심각한 상황이긴 한데 너무 걱정하지는 않아도 될 거다. 랑이니까."

랑이의 꼬리털이 심각하게 부풀어 오른 것에 신경이 갔지만 나를 노려보는 냥이 때문에 그 사실은 머릿속에서 스쳐 지나가게 되었다.

"알겠다! 그래! 네놈은 그렇게 생각하고 있거라!!"

협박 같지 않은 협박을 한 후 냥이는 다시 마당으로 나갔다. 그리고 마치 선수 교체라도 하듯이 정미 누나가 집 안으로 들어왔다. 날 보고는 미소 지으며 이쪽으로 걸어오는데 발을 딛을 때마다 출렁출렁 소리가 날 것같이 위아래로 흔들리는 가슴이 정말……

"웅녀님이 만나 주시겠대. 당신 혼자서, 라는 조건이 붙었지만."

나는 뇌를 재부팅시켰다.

아, 그래. 내가 정미 누나에게 부탁을 했었지. 나와 그들과의 오작교가 되어 달라고.

타임로스가 조금 있기는 했지만 **환웅과 자신을 만나고 싶다는 부탁을 부분적으로나마** 들어줬다는 사실을 깨달은 나는 그리 늦지 않게 대답할 수 있었다.

"아, 음, 그래도 다행이네요."

"……한번 만져 보는 게 좋지 않을까? 그편이 여러 가지로 좋을 것 같은데. 난 괜찮으니까."

늦지는 않았는데 내 시선이 워낙 정직하긴 하지.

"……괜찮아요, 누나."

말을 돌리자.

"그, 그럼 언제 어디서 볼 수 있을까요."

"네가 정하라고 하시던데?"

그렇다면 최대한 빠르게 만나는 게 좋겠다. 혹시 모르지만, 그런 일은 절대로 일어나서는 안 되지만 내가 설득에 실패했을 경우를 생각해 보면 시간은 많으면 많을수록 좋으니까.

"그러면 30분 뒤에 여기 근처 카페에서 보자고 말해 주세요."

"응, 알았어. 그런데……."

정미 누나는 시선을 돌려 방 안을 가득 채우고 있는, 도대체 이걸 몇 번이나 말해야 할지 모르겠지만, 랑이의 엉덩이를 보며 난색을 표했다.

"일이 잘 안 풀리고 있나 봐?"

"……단단히 삐친 것 같아요."

평소에는 아무리 화가 났어도 내가 사과하면 금방 환하게 웃으며 달려들어 품속에 안겨 볼을 비비면서 애교를 떨 녀석이 아무런 반응도 없으니까 냥이의 심정도 어느 정도는 이해가 된다. 이래서 얌전한 애들이 화나면 무섭다는 말이 있는 걸까.

"흐음……."

정미 누나는 곤란한 듯 턱을 괴듯이 오른손을 아랫입술에 댔다. 그 자세를 편하게 유지하려다 보니 자연스럽게 왼팔을 배 위쪽에 댔고 왼손으로 팔꿈치를 지탱하게 되었다. 자, 그렇다면 그런 자세를 취할 때 부각되는 신체 부위가 어디일까.

올려지고 모아지고 짓눌리는 그 부분에 나의 모든 감각이 집중되어 버렸기에.

"사과는 했지?"

나는 정미 누나의 말을 제대로 듣지 못했다.

"예?"

다시 말하지만 내 시선은 정직하다.

"……만지고 편해지는 게 어떠니?"

"……아직 죽고 싶지는 않아서요."

"아무도 없는데?"

"그렇게 보일 뿐입니다."

지금 이 순간에도 세희의 검은 눈동자가 빛나고 있을 게 분명하다. 내가 두 손으로 그 감촉을 음미하면 우화등선을 하게 될 정미 누나의 가슴을 만지는 순간 어디선가 나타나서는 사진이나 영상으로 증거를 남기고서 날 협박할 게 뻔하다고.

그런 걸 정미 누나에게 자세히 설명하기 조금 그랬던 나는 말을 돌렸다.

"그건 그렇고 사과는 제대로 했어요."

"그래? 그러면 시간이 필요한 걸까……?"

정미 누나는 자기가 한 말에 자기가 쓴웃음을 지었다. 누나도 지금 우리들에게 시간이 없다는 걸 알고 있으니까 말이야.

"그러면 나는 웅녀님에게 말씀 좀 전하러 가 볼게. 카페는 내 임의로 정한다?"

이 근처에 알고 있는 카페가 없기에 나는 고개를 끄덕였다.

30분 후라. 나도 조금 준비를 해 두는 게 좋겠지. 내 생각과 주장, 그리고 웅녀를 설득할 방법을 말이야. 그 때 문뜩 이런 생각이 들었다.

남들이 억지로 지은 책임을 내려놓게 해 주면 랑이는 다시금 내게 웃는 얼굴을 보여 주게 될까?

모르겠다. 모르기 때문에 나는 한숨을 내쉬고 랑이의 몸에 손을 댔다. 손에서 느껴지는 따스한 랑이의 체온과 말캉한 살

결이 기분 좋았지만 내 마음의 안개가 사라지는 일은 없었다.

"랑이야. 난 잠깐 나갔다 올 거야. 내가 왜 나가는지는 들어서 알고 있지? 난 거기서 웅녀를 설득할 거고……."

그 때.

"가면 화낼 것이니라."

랑이가 처음으로 내 말에 대꾸를 해 줬다. 그 사실이 기쁘기도 했지만 지금 상황을 생각하니 슬픈 마음이 더욱 컸다.

"네가 가면 난 정말 화를 낼 것이니라. 무지무지 화를 낼 것이니라. 네가 깜짝 놀랄 정도로 화를 낼 것이니라. 화나서 무슨 일을 할지 모르니라. 그러니까 가지 말거라. 난 경고했느니라."

"랑이야. 네가 무슨 생각을 하고 있는지, 어떤 마음인지 잘 알고 있어."

"알고 있으면 간다는 말은 못 하느니라. 나하고 같이 다른 방법을 생각하고 있을 것이니라."

"랑이야."

"분명 네 말은 맞느니라. 하지만 그건 내 방식이 아니니라. 이 일에 한해서는 난 절대 네 뜻을 따르지 않을 것이니라. 나도 생각을 해 봤느니라. 네 말을 이해하려고 노력했느니라. 그리고 깨달았느니라. 네 말이 맞는다는 사실을."

여기서 랑이의 말이 끝났다면 나는 정말 기뻐했을 거다.

"네 말대로 나는 내가 원해서 왕이 된 것이 아니니라. **하지만 그렇다고 한들 내가 왕으로서 지금까지 살아왔다는 것과 아해들이 나를 의지하며 살아왔다는 사실은 변하지 않으니라.** 그렇기에 왕으로서 살아온 나는 그 책임을 짊어져야 하는 것이 맞으니라."

"전제가 잘못되었다고 해도?"

"그러하느니라."

마치 평행선을 이루고 있는 대화 같다.

그래. 나는 랑이가 절대로 내 생각에 동의해 주지 않을 거라는 사실을 알고 있었다. 랑이는 너무나 상냥하고 착한 성격을 가졌으니까. 무엇인가를 버리는 선택은 할 수 없는 아이니까. 그러니까, 내가 대신 해 줘야 한다.

"그래. 알았다. 하지만 난 갈 거야."

"난!"

집안이 떠나갈 듯한 목소리.

"화낼 거라고 했느니라."

그럼에도 나는 몸을 돌렸다.

시작하는 이야기

나는 카페에 갈 일이 많지 않은 사람이다. 가정적인 환경도 그렇고 주위에 있는 친구라는 녀석은 나를 카페보다는 겜방에 데려가서 ROR이라는 게임을 시켜 내 인생과 성격을 시궁창에 빠뜨리기 위해 노력하는 데 인생을 바친 놈이니까. 그런 내가 지금처럼 카페에 이야기를 하러 오는 경우는 남의 손에 이끌렸을 때밖에 없다. 평소라면 근처 놀이터나 공원 같은 곳에서 이야기하자고 한 뒤 눈총을 받았겠지만 아무리 그런 나라고 해도 때와 장소를 가릴 줄은 안다.

지금은 웅녀와 이야기를 하기 위해서 온 거니까.

물론 웅녀를 만나러 오는데 혼자 오는 것은 내 간의 크기에 좋지 않을 것 같아서 내 인생의 가장 든든한 아군을 데려왔다.

"표정에 생각 다 드러나거든?"

"이상한 생각은 안 했는데."

"나를 듬직하게 바라보는 것 자체가 실례야."

깨갱, 깽깽.

"그래도 먹을 걸 앞에 둔 랑이처럼 안달하지는 마. 네가 그런다고 달라지는 건 없으니까."

"……내가 언제 안달했다고 그래?"

나래의 눈매가 예리해지는 것으로 모자라 날카로워진다.

"지금 당장이라도 집에 가고 싶어 하는 눈친데, 아니야?"

아니라고는 말 못 하기에 나는 입을 다물었다. 피고는 묵비권을 행사할 권리가 있다고 미란다 원칙인가 뭔가에서 들었으니까.

"대답 안 해?"

아, 맞다. 내게 인권이라는 건 없었지.

"나래 님의 말씀이 맞습니다."

내 옆구리로 다가오던 나래의 손이 멈췄다.

"솔직하게 말할 것이지, 누굴 속이려고 들어?"

그렇죠.

제가 세상에서 절대로 속일 수 없는 분이 나래 님이신데요. 하지만 그럼에도 나는 내 마음을 속이고 싶었다. 그렇지 않으면 랑이에 대한 일 때문에 웅녀를 설득하는 데 집중할 수 없을 테니까. 그런 생각을 하고 있자니 나래가 내 머리를 쓰다듬었다. 고개를 돌리자 나래가 시선을 다른 쪽으로 피하면서 어딘가 쑥스러워하는 목소리로 말했다.

"네가 여기서 제대로 안 하면 살아 있을 이유가 없어지니까 지금은 이 일에 집중해.”

내용은 쌀쌀맞기 그지없지만 볼이 살짝 붉어져 있다.

“그리고……. 네 생각은 알지만, 랑이를 설득할 생각도 해 두는 게 좋아.”

“…….”

나래는 상냥하다. 그 상냥함을 잘 드러내지 않아서 사람들은 오해하지만.

“고마워, 나래야.”

나래가 완전히 내게서 고개를 돌리면서도 그 손을 떼어 놓지 않을 때.

“어머, 사이 좋아 보이네.”

곰의 일족들에게 명령을 내린다고 늦게 도착한 정미 누나의 들뜬 듯한 목소리가 들리는 것과 동시에 머리에 극심한 고통이 찾아왔다.

“아야야야얏!!”

“사, 사이가 좋긴 뭐가 좋아요?!”

나래가 부끄러움을 못 참고 내 머리를 움켜쥔 것이다! 곰의 일족의 힘을 반쪽이나마 각성한 나래의 손아귀 힘이다! 내 머리가 땅에 떨어진 수박처럼 되지 말라는 법은 없어! 그리고 이런 위급한 상황에서도 나는 내 맞은편에 수박만큼 커다란 가슴을 보았다. 정미 누나가 맞은편 자리에 앉기 위해서 상체를 앞으로 숙이자 평소에도 시선을 잡아 끄는 가슴골이 더욱 더 선명히 내 시신경을 자극했고, 엉덩이를 의자에 붙이고 허리를 펴는 순간 그 반동으로 출렁출렁하고 자연스럽게 살짝 흔들…….

"끄아아아악!!"

"긴장 안 하지?!"

아름다운 꽃이 핀 강 너머에서 아버지께서 내게 손을 흔드는 모습이 잠깐 보였다. 아버지는 무슨 일로 거기 가 계신 겁니까?

"얘는? 질투 나면 너도 좀 드러내고 다녀."

"저는 이런 옷이 좋거든요? 질투도 아니고요!"

나래는 하늘하늘한 원피스를 좋아하지. 그건 내게도 다행이다. 나래의 핫팬츠와 탱크톱에도 시선을 어디다 둬야 할지 모르는데 그것보다 더한 복장이라면 나는 아마 고개를 못 들거나 허리를 펴지 못할 거야.

"성훈이도 그럴까?"

"여기서 왜 이 변태 자식 이야기를 꺼내시는데요?"

그보다 나래야. 이제 그만 내 머리에서 손을 치워 주면 안 되겠니? 네게 감정의 기복이 있을 때마다 내 삶의 기복이 찾아오거든. 그 모든 생각을 가득 담아 눈빛을 보내자 나래가 흥, 하고 새침하게 코웃음을 치고는 손을 아래로 내렸다. 그러니까 내 옆구리 쪽으로.

치웠다고는 안 했다.

"그야 네가……."

"언니!"

나래의 높아진 목소리에 나와 정미 누나 둘뿐만이 아니라 주위 사람들의 시선이 집중되었다. 하지만 나래는 타인의 시선에 개의치 않고 똑바로 정미 누나를 노려보았다. 정미 누나는 난처한 얼굴로 볼을 살살 긁으며 말했다.

"미안해, 나래야. 긴장 풀어 주려고 한 농담이었는데 조금 심했나 봐."

"……알면 됐어요."

화가 가라앉았는지 한층 차분해진 목소리로 대답한 나래는 팔짱을 끼었다. 이제야 나도 한숨 돌릴 수 있겠군.

"그보다 웅녀님은 언제 오세요? 너무 늦으시면 차라리 저희가 찾아가는 게 좋을 것 같은데."

나래의 질문에 정미 누나가 곤란한 미소를 짓는다.

"아, 그게 말이야."

자연스럽게 내가 진정이 되었다. 설마 생각이 변해서 만나는 것조차 거절한 건 아니겠지? 그래서야 출발선에 서지도 못하는 거잖아. 세희에게 부탁해야 하나? 그런 여러 가지 생각들이 머리를 스쳐 가는데 정미 누나가 말했다.

"웅녀님은 이미 여기 계셔."

난 다른 의미로 놀라서 벌떡 일어나고 말았다. 의자가 뒤로 넘어지며 또다시 사람들의 시선이 집중되었지만 나는 신경 쓰지 않고 카페 안의 여자들을 둘러보았다. 주로 가슴을.

……변명하자면 내가 정미 누나의 이 세상을 구원한 가슴과 나래의 한 번이라도 제정신으로 보복을 두려워하지 않고 주

무를 수 있다면 사흘 밤낮을 앓아누워도 기쁠 가슴을 앞에 두고 다른 마음을 품은 것은 아니다.

나는 웅녀를 찾기 위해서 가슴을 보는 것이다.

곰의 일족은 모두 가슴이 크다. 웅녀 또한 그럴 것이다. 그렇다면 정미 누나보다 크거나, 혹은 비슷한 크기의 가슴을 가진 여성이 웅녀일 것이다. 하지만 안타깝게도 내게 새로운 지평을 열어 줄 만큼 크고 아름다운 가슴은 보이지 않았다. 그 사실에 어리둥절해하고 있을 때 옆에서 나래가 의자를 세워 놓더니 내 손을 잡아 강제로 앉혔다.

"뭐 하는 거야, 너?!"

그런데 왜 한 손으로는 가슴을 가리고 계십니까. 그런다고 가려질 크기가 아닌데. 오히려 짓눌려 버려서 더 에로에로해졌다고요.

"웅녀 찾고 있었는데."

사실대로 말한 내게 나래가 한심하다는 듯 말했다.

"여기에 계셨으면 진작 내가 알았겠지!"

아, 그러고 보니 나래는 전에 웅녀의 사진을 본 적이 있다. 잠깐, 아니지. 그래도 나래가 주위를 둘러본 적은 없잖아?

"어떻게?"

"나도 곰의 일족이거든? 그 정도는 느낌으로 알 수 있다고!"

……내가 곰의 일족이 아니다 보니 뭐라 할 말이 없다. 이럴 때는 그냥 입 다물고 있자.

야단맞은 랑이처럼 풀이 죽어 몸을 움츠리고 가만히 있으면서 눈치를 살피고 있자니 정미 누나의 표정이 뭔가 이상하다. 입을 헤~ 벌리고 침까지 흘리며 나를 보고 있는데, 그 이름을 말했다가는 사회적 지위가 흔들리는 어떤 것을 보는 청소년 남자아이의 표정과 닮았다고 할까?

"누나는 왜 그래요?"

"응?!"

정미 누나가 깜짝 놀라 하더니 입가를 쓰윽 닦고는 안경을 고쳐 쓴다. 그거로는 모자란지 흠흠 헛기침까지 해서 분위기를 한층 더 환기시키며 말했다.

"그건 그렇고, 웅녀님을 만날 준비는 됐니?"

"……언니. 너무 티 나는 거, 자기도 알죠?"

나래의 알 수 없는 힐난에 정미 누나가 빨갛게 달아오른 뺨을 두 손으로 가리며 고개를 숙인다.

"……그렇게 티 났어?"

"예."

침묵이 가속한다. 지금 이럴 때가 아닌데 말이야.

"그보다 웅녀는 언제 온대요?"

내가 말을 끝마친 순간.

"흐음~. 이 아이, 생각보다 나하고 상성이 좋구나. 내 영향을 좀 많이 받을 것 같네."

이질적인 분위기가 나래를 휘감았다.

내가 제대로 된 신선은 아니지만 나래에게 무엇인가가 일어났다는 것 정도는 알 수 있다. 그래. 예를 들자면, 마치 놀이 공원에서의 그때처럼.

그 사실을 깨달은 순간 나는 몸을 돌려 나래를 바라보며 그 멱살을 잡……으려다가 그대로 굳어 버리고 말았다.

"옷은 좀 끼는구나."

거기에는 평소보다 그 부피가 커진 가슴이 있었다, 나래의 가슴은 또래의 여자아이들과 비교하는 게 미안할 정도로 크다. 전 세계적인 평균을 따져 보았을 때 영국의 여성분들과 비교해야 하지 않을까 할 정도지. 그런 나래의 가슴이 갑자기 더욱 커졌다. 자신이 감싸 안아야 할 소중한 신체의 일부분의 갑작스러운 변화에 브래지어가 원피스 안에서 비명을 지르는 것이 보인다. 아니, 내가 비명이라 생각한 것은 절규였다. 죽기 전의 단말마. 나는 그것을 보았다.

"어머."

브래지어가 가슴을 이기지 못하고 풀어지며 그 기세에 힘입어 하얀색 원피스가 갑자기 슬림 원피스가 되어서 나래의 몸에 꽉 끼게 되는 것을! 잘못하다가는 옷이 찢어지지 않을까 걱정이 될 정도다. 아마도 그 크기만은 정미 누나보다 더 크지 않을까.

만지고 싶다.

가슴 만지고 싶다.

가슴 만지게 해 주세요.

가슴을 만지게 해 주신다면 개라도 되겠습니다.

멍멍! 왈왈! 헥헥헥헥~.

지금 이런 생각이나 할 때냐?!

나는 나래의 멱살을 잡으며 내 것이라고는 상상할 수 없을 정도로 진지하고 무거우며 적의에 가득 찬 목소리로 말했다.

"나래를 어떻게 한 거야?!"

"잠깐, 성훈아."

정미 누나의 놀라 하는 목소리는 신경 쓰지 않는다. 나는 그저 평소와는 다른 분위기, 표정, 눈빛으로 나를 올려다보는 나래를 내려다볼 뿐이다.

그리고.

"……성훈아. 아무리 그래도 그렇지. 너 지금 무슨 깡으로 내 멱살을 잡은 거야?"

……에?

평소와 다를 게 없는 나래의 대답에 손에서 힘이 풀려 버리고 본능적으로 입이 움직였다.

"아니, 그게 아니라, 그러니까……. 이건 다 이유가 있는 겁니다, 나래 님."

"그러니? 잡혀 살겠구나, 너도."

그리고 돌아온 대답은 나래의 것이 아니었다. 손바닥 뒤집듯이 순식간에 다시 변한 나래의 모습에 당황해서 이번에는 아무 말도, 행동도 못 하고 있을 때. 정미 누나가 이마에 손을 얹고서는 침울한 목소리로 말했다.

“웅녀님. 갑자기 그러시면 성훈이가 놀라잖아요.”

음.

예전에 말한 적 있지. 나는 이제 무슨 일이 생겨도 놀라지 않을 자신이 있다고. 그 말을 지키도록 하자. 지금은 놀라는 것보다 주어진 정보로 상황을 파악하는 게 먼저다.

정미 누나는 나래를 웅녀라고 불렀다. 농담이 아니라면 나래=웅녀라는 말이다. 나래는 곰의 일족이다. 곰의 일족의 수장은 곰의 일족을 마음대로 다룰 수 있는 힘이 있다. 웅녀는 그 곰의 일족의 제일 윗대가리다. 즉, 정미 누나가 할 수 있는 일은 웅녀 역시 할 수 있다는 말이 된다. 그러니까, 간단히 말하면 지금 웅녀는 나래의 몸을 마음대로 조종하고 있다는 말이 된다.

좋아! 모두 이해했어!

“……게 된 거야.”

생각에 깊게 빠져 있는 사이에 정미 누나가 무슨 말을 한 것 같은데 못 듣고 말았다.

“예?”

“그러니까 지금 웅녀님이 나래에게 신 내림을 한 상황이라고. 나래는 그 안쪽에서 이 상황을 지켜보고 있으니까 너무 걱정하지 말고.”

일반 상식이 부족한 나라고 해도 신 내림이라는 단어가 어떤 때 사용되는지는 안다. 그보다 괜히 열심히 생각했구나.

가만히 있었어도 설명해 줬을 텐데.

"이해가 되니? 그러면 이제 이야기를 하고 싶은데 괜찮겠지? 나도 그렇게 시간이 많은 건 아니니까."

나래의 몸을 빌린 웅녀가 미소 지었다. 어딘가 어른의 여유와 연상의 상냥함이 녹아 있는 미소라서 나도 모르게 마음을 놓아 버릴 뻔했지만!

"그 전에."

나는 한 가지 사실을 간과하고 넘어갈 생각이 없다.

"멋대로 나래의 몸을 빌려 쓰지 마."

"잠깐, 성훈아."

정미 누나가 당황한 눈치다. 나도 조금 놀랐다. 조금 더 정중하게 이야기하려고 했는데 튀어나온 게 반말의 명령조였으니까. 내가 이렇게 끓는점이 낮았나?

"어머어머, 얘 좀 보렴? 우리 낭군님 젊었을 때보다 더하네. 지금 여친 때문에 나한테 화내는 거야? 어쩜 좋아? 귀여워 죽겠네~."

끓는점 높아! 웅녀는 내 말은 신경 쓰지 않고 미소 짓는 것으로도 모자라 내 볼살을 살짝 잡았다 놓기까지 했다. 어린아이 취급당했다는 것에 당황하고 있을 때 웅녀가 정미를 돌아보며 말했다.

"이렇게 아이들은 솔직해야 귀여운 법이란다. 안 그러니, 정미야?"

"우, 웅녀님."

"정말~. 내 아이들이긴 하지만 하나같이 솔직하지 못해서 슬프다니까? 내 성격은 도대체 다 어디로 갔는지 몰라."

진정하자. 당황하지 말자. 놀라지 말자. 나도 산전수전 다 겪었잖아? 이 정도 일에 당황하면 안 된다. 웅녀가 이런 성격이라고 해서 내가 할 일이 달라진 것도 아니니까.

"지금 그게 문제가 아니잖아!"

"그래, 그랬지."

웅녀가 미소 지었다.

"미안하지만 아이야. 나와 이야기를 하고 싶다면 이 아이가 신 내림을 받는 건 감수해야 할 일이란다. 네가 특별한 아이라 하더라도 원래의 나를 만나서 제대로 이야기를 할 수는 없으니까."

그 말에 나는 정미 누나를 보았다. 정미 누나가 고개를 끄덕였다. 하지만 난 아직 인정할 생각이 없다.

"나는 랑이하고도……."

웅녀가 미소 지으며 내 말을 끊는 동시에 온몸의 뼈가 찌그러질 듯한 중압감이 나를 눌렀다.

"봉인당한 호랑이하고 내가 같을 거라고 생각하니?"

겨우 숨을 토해 낼 수 있었던 건 내 몸을 짓누르던 알 수 없는 중압감이 사라진 후였다.

"이제 알겠지? 그러면 아이야. 내게 하고 싶은 이야기는 무엇이니? 네 입을 통해 듣고 싶구나."

숨 돌릴 시간이 필요하다는 것보다는 이야기가 빨라서 좋다는 생각이 먼저 들은 걸 보니 나도 구르긴 많이 구른 것 같다.

나는 잠시 생각을 고르고 골라 가장 원만한 방법으로 이야기를 풀어 나가기로 했다.

"나는 환웅의 홍익인간의 이념을 이루고 싶다."

상대는 웅녀다. 내가 지금까지 들은 이야기로는 웅녀는 누구보다도 환웅을 사랑한다 들었다. 그렇기에 이 이야기는 웅녀의 관심을 끌 수밖에 없을 것이다.

내 생각은 맞아떨어졌다. 웅녀가 그 속뜻을 알 수 없는 미소를 지으며 말했으니까.

"아이야, 넌 잘못 생각하고 있단다. 이미 인간의 세상이 열린 것으로 낭군님의 꿈은 이루어졌으니까. 그리고."

그 순간. 나는 죽는 게 나을 정도의 공포를 느꼈다.

"내 낭군님의 성함을 다시 한번이라도 낮추어 부른다면 산 채로 네 사지의 뼈를 뽑아 끓는 물에 고아 삶아 줄 테니 입조심하거라."

이런 상황에서 이런 말을 하는 건 이상하지만 나는 세희가 고마워졌다. 세희가 없었다면 나는 웅녀의 기백에 겁에 질려 기절하거나 아랫도리가 축축하게 됐을 테니까.

"……그건 조심할게. 미안."

그럼에도 웅녀에게 말을 놓는 건 내 나름대로의 의지 표명이다.

"하지만 그것과는 별개로 홍익인간의 이념이 겨우 인간들의 세상이 열렸다는 것만으로 이루어졌다는 건 인정할 수 없어.”

정말, 이런 상황에서도 잘 돌아가는 내 혓바닥이 놀라울 지경이다. 내 말에 웅녀는 다시 한번 아까와 같은 미소를 지었다. 그제야 나는 그 미소에 담긴 뜻을 읽어 낼 수 있었다.

“왜 그렇게 생각하니?”

“널리 사람을 이롭게 한다.”

천계의 생활을 버리고 인간 세상에 내려온 환웅이 가진 홍익인간의 기본 이념이다. 그렇다면, 왜? 왜 환웅은 인간 세상에 내려왔을까. 단군 신화에서는 인간 세상을 구하기 위해서라고 이야기한다. 그렇다면 다시 한번 파고들자.

환웅은 왜 인간 세상을 구하고 싶었을까?

요괴들에게 인간들이 고통받는다 해도 환웅과는 사실 상관없는 이야기잖아. 환인의 아들로서 자신의 앞가림이나 하고 살면 되는 거다. 그러나 환웅은 그러지 못했다. 나는 그 이유를 모른다. 하지만 랑이의 일로 미루어 짐작할 수는 있다.

“환웅님은 인간을 사랑하기 때문에 홍익인간의 이념을 펼치신 거야.”

“낭군님이 인간을 사랑하는 건 세상이 다 아는 이야기지. 하지만 그것이 네 말과 무슨 관계가 있는지에 대해 설명해 보렴.”

안 그래도 그럴 생각이다. 지금 이 순간을 위해서 그 많은 시간을 생각을 정리하는 데 써 왔다고.

"만약에 홍익인간의 뜻이 이미 이루어졌다고 가정했을 경우, 누군가를 사랑하기 때문에 만든 이념으로 만들어진 차이가, 서로 사랑할 수 있는 둘을 서로 사랑할 수 없도록 만드는 지금의 현실이 말이 된다고 생각해? 지금이 정말로 홍익인간의 이념이 완벽하게 이루어진 상황일까? 난 아니라고 생각해. 사랑을 기본으로 만들어진 이념이 그렇게 편협할 리가 없잖아? 그렇다면 지금의 상황 자체가 홍익인간의 이념을 펼치는 도중이라는 게 맞아."

내가 말해 놓고도 내가 놀랐다. 얼마나 놀랐냐면 스스로 입을 다물어 버릴 정도로. 미리 생각을 정리하고 준비하긴 했지만 너무나 자연스럽게 말이 나와서, 평소 세희와 말싸움을 할 때도 이렇게 유창하게 말이 나왔으면 좋겠다는 생각이 들 정도다. 그 사이에 웅녀가 만족한 듯한 표정으로 말했다.

"생각보다 영특하구나."

전 칭찬에 약합니다.

"낭군님의 사랑은 모든 것을 껴안는 사랑. 그래. 네 말이 맞단다. 낭군님의 뜻은 네 말대로 인간들뿐만이 아니라 나와 같은 요괴들까지 아우르는 것이니."

좋았어!

의외로 말이 잘 통하는걸? 내가 이 이야기를 꺼낸 것은 모두 '인간과 요괴가 공존할 수 있는 세상을 열어 더 이상 랑이가 요괴들의 왕으로서 자신의 아이들에게 책임을 느끼는 일이 없도록 하자!' 라는 말을 하기 위해서였다. 이제 그 이야기를 하고 웅녀가 승낙만 하면 된다. 자기가 한 말도 있으니까 거절은 못 하겠지. 그렇게 되면 이제 나와 랑이를 둘러싼 모든 문제가…….

"하지만."

김칫국으로 배를 채우시는군요. 세희라면 이렇게 말하지 않았을까.

"그렇기에 지금 당장은 호랑이가 왕의 자리에서 내려오는 것은 인정할 수 없단다."

웅녀를 설득하는 데 뭐가 부족한 것이었을까. 재빠르게 머리를 굴려 보지만 이거다! 하는 답은 나오지 않는다.

사실 그럴 필요도 없었다. 웅녀가 이야기를 계속 했으니까.

"인간과 요괴가 공존할 수 있는 세상을 여는 것은 힘든 것이란다. 마야 문명이 왜…… 하아."

왜 거기서 한숨을 쉬는 건데?!

"나래가 말해 주는구나. 네게 그런 말을 해 봤자 이해를 못 할 것이라고. 너는 지혜는 있을지언정 지식은 없는 아이로구나. 그래, 새로운 문명과 문명이 만날 때도 서로를 이해하지 못하고 피를 흘려야 했단다. 여기까지는 알겠니?"

나는 고개를 끄덕였다.

"인간과 요괴들 역시 그럴 것이란다. 인간이 이야기 속의 존재였던 요괴들이 실존함을 알게 되고, 요괴가 인간들과 같이 살게 된다면 그 혼란이 먼 옛날, 낭군님께서 인간들의 세상을 열었을 때보다 더할 거란다. 그때는 낭군님과 내가 그 책임을 짊어지었고, 이번 역시 **그 책임을 짊어질 자가 필요하단다.**"

"그게 랑이라는 말이야?"

웅녀는 고개를 끄덕였다.

"그래도 너무 걱정하지 말거라, 아이야. 그때와는 달리 요괴들이 인간에 대한 인식이 변했기에 서로 조화를 이루는 데 그리 오랜 시간은 걸리지 않을 테니까."

안타깝게도 나에게 주어진 시간은 단 하루다. 오늘 안에 웅녀의 인정을 받아야 냥이에게 집 앞에 모인 요괴 아이들을 돌려보내라고 말할 수 있는 힘이 생긴다고.

……안 되겠네. 이렇게 된 이상 어쩔 수 없다.

강경하게 나갈 수밖에.

웅녀의 입장에서 원만하게 대화로 잘 해결하려고 했는데 역시 나는 그런 게 안 되는구나. 그냥 하던 대로 하자. 랑이가 왕이 된 것이 자신의 의지가 아니며, 억지로 그 자리에 앉힌 것은 너희들이고 이제는 랑이를 편하게 해 줌으로써 지금까지의 방만했던 책임을 물어야 한다는 것과, 회피할 경우에는 환웅의 의지에 어긋나는 행동을 하겠다는 협박을 통해 내가 이루고자 하는 것을 쟁취하자.

나는 그에 앞서 먼저 앞에 있는 오렌지 주스를 쭈욱 들이마셨다. 이제는 숨 돌릴 틈도 없을 테니까 말이야.

"어머?"

뭔가 웅녀도 느낀 게 있는지 살짝 놀란다.

"그러다가 사레들린단다."

그 말씀 그대로입니다.

"콜록콜록!!"

다행히 다 마신 다음에 기침을 해서, 입 안에서 오렌지 주스가 뿜어져 나와 정면에 앉아 있는 정미 누나의 가슴팍을 노란색으로 물들이는 일은 일어나지 않았다.

"얘는. 괜찮니?"

나는 정미 누나가 일어나서 탁자에 몸을 기댄 채 허리를 앞으로 숙여 휴지로 입가를 닦아 주는 것에 출렁출렁 흔들리는 가슴이 시야에 가득 차서 정신이 혼미해졌지만 지금은 그런 거에 한눈팔 때가 아니다! 나는 고개를 끄덕이고서 다시 몸을 돌려 웅녀를 보았다. 웅녀는 눈웃음을 지으며 기대에 찬 표정으로 나를 보고 있었다.

마치, 이제부터 내가 할 말을 알고 있다는 듯이.

나는 깊게 숨을 들이마셨고, 웅녀는 말했다.

"그러니 호랑이를 책임에서 자유롭게 해 주고 싶다면 네가 책임을 지거라."

다시 한번 뿜었다.

"콜록, 콜록!!"

……지금 웅녀가 뭐라고 한 거지? 나는 괴로워하면서도 지

금 내가 들은 말을 되짚어 보았다. 나보고 책임을 지라고? 지금 그게 무슨 뜻이지? 머리를 식히기 위해서 찬물을 있는 힘껏 들이켰다. 물이 턱을 타고 흐를 정도로.

"어머, 내가 이런 말 할 줄 몰랐구나? 많이 당황했니?"

웅녀가 나래의 손수건으로 입가를 닦아 주었지만 그다지 고맙지 않다. 누구 탓인데?! 거기다 지금 내 머리를 복잡하게 만든 당사자가 그런 말을 하면 안 되지!

"설명이 필요한 것 같구나?"

세희와 같이 있다 보니까 당연히 설명을 안 해 줄 거라고 생각하고 있었다. 하지만 생각을 멈추지 말고 의심을 거두지 말자. 나는 마음속으로 다짐을 하며 고개를 끄덕였다. 그런 나와는 달리 웅녀는 여유가 넘치는 모습으로 내게 말했다.

"알다시피 요괴들의 세상을 종결시키고 인간들의 세상을 연 것은 낭군님과 나란다. 만약에 요괴들이 지금처럼 인간을 대할 수 있었다면 모든 요괴들을 격리시키지 않았겠지."

세희는 말했다. 인간은 요괴들의 친구였으며 먹이였고, 또한 적이었다고.

하지만 기본적으로 평등한 관계는 아니었을 것이다. 그건 내가 아는 요괴 중에서도 가장 착한 아이인 랑이를 예로 들어도 명확하다.

랑이는 환웅에게 선택받지 못한 것만으로 세상을 불태우려 했고, 또한 내게 버림받을 것같이 되었을 때도 그리 하려 했다. 그렇다면 다른 요괴들은 인간을 어떻게 생각했을까.

"그때는 상상도 못 할 일들이 벌어졌었단다. 낭군님께서도 힘이 부치실 정도로 많은 일들이 말이야. 그리고 지금, 그때와 같은 일이 벌어지려고 한단다. 비록 그때와 같이 많은 일은 벌어지지 않겠지만 분명한 것은 낭군님이 그리 하셨던 것같이 책임을 질 누군가가 필요하다는 거지."

알겠다. 그 사람이 바로 나라는 말이다.

"그걸 왜 내가 해?"

"네가 아니어도 별 상관은 없단다."

웅녀는 그 깊이를 알 수 없는 눈으로 나를 바라보았다.

"말했잖니? 책임을 질 누군가가 필요하다고."

"그렇다면 환웅님께서……."

"낭군님께서는 그러고 싶어 하시지만, 요괴들의 생각이 어떨 것 같니?"

자신들의 세상을 무너뜨리고 인간들의 세상을 연 환웅이 인제 와서 인간과 요괴들이 공존할 수 있는 세상을 연다. …… 내가 생각해도 요괴들의 반응이 좋을 것 같지는 않다.

"그렇다면 차라리 옛날에……."

"시간이 필요했단다."

웅녀는 먼 옛날을 기억하는 듯한 아련한 미소를 지으며 말을 이었다.

"요괴들이 인간을 대등한 존재로 여기게 될 수 있는 시간이 말이야. 그래서 나는 내 아이들을 통해서 요괴들을 통제해 왔지. 자신들이 우습게 여겼던 인간들이 그들보다 뛰어나거나 동등하다고 생각할 수 있을 정도로. 그리고 지금, 낭군님의 계산대로 그 때가 찾아온 거란다."

내가 입을 다물자 웅녀가 말을 이었다.

"다시 이야기를 되돌려서, 내 입장에서도 호랑이가 책임을 지는 자리에 있는 것이 제일 좋단다. 지난 시간 동안 잠만 잤으니 이제는 일을 할 때도 되지 않겠니?"

"랑이가 누구 때문에 잠만 잤는데?"

"어머. 우리는 봉인을 했을 뿐이지 다른 건 제재하지 않았단다? 잠을 잔 건 호랑이의 뜻이었지."

"랑이가 지리산을 떠나자 곰의 일족을 보낸 건?"

"때가 이르렀는지 알아보기 위한 시험이었단다. 덤으로 호랑이의 마음이 정리되었는지도 확인하고."

덤이 절대로 덤으로 생각되지 않을 정도로 웅녀는 섬뜩한 표정을 지었다. 금방 풀기는 했지만.

"어찌 되었건 호랑이를 돕고 싶다면 네가 대신 그 책임을 짊어져도 되는 일이란다."

"내가 왜?! 그건 랑이의……."

"타의라 하더라도 호랑이는 요괴들의 왕이 되어 목숨을 부지했어. 덕분에 태평하게 잠만 자도 되는 평온한 삶을 누려왔고. 그런데 인제 와 그런 말을 하면 감탄고토……, 아."

왜 나를 딱하게 보냐.

"달면 삼키고 쓰면 뱉는 것이나 마찬가지지 않니?"

"그 정도는 알아!"

"그럼 다행이구나."

아차. 실수했다. 나는 감탄고토의 뜻을 안다고 말한 거지만 웅녀의 입장에서는 다르겠지! 자신의 말에 동의한다고 생각할 것이다.

그렇다면 말을 돌릴 수밖에!

"하지만 나 같은 평범한 인간이 랑이의 책임을 짊어질 수 있을 리가 없잖아?"

"네게 손을 빌려 줄 사람들은 세상에 가득하단다. 이미 네 주위만 해도 세희가 있잖니?"

"하지만 요괴들이 날 인정하겠어? 알다시피 난 요괴들 사이에서는 평판이 바닥을 기고 있어. 그런 내가 책임을 진다고 나선다고 해서 요괴들이 용납할 리가 없잖아?"

기세등등한 내 이견에 웅녀가 폭탄을 떨구었다.

"네가 인간들의 왕이 되면 되잖니?"

그 말도 안 되는 어이없는 소리에 할 말을 잃을 뻔했지만 나는 기억 속에서 냥이가 했던 말을 떠올릴 수 있었다. 제대로 기억은 안 나지만 내가 기린의 시험에 통과하여 왕이 된다면 요괴들이 더 이상 나와 랑이의 관계에 대해서 트집을 잡지 못한다는 내용이었을 거다. 그리고 그 기린의 시험이라는 게 말이 안 될 정도로 어렵다는 것도.

"그게 말처럼 쉬울 리가……."

"쉽단다."

내 말을 자른 웅녀는 빙긋 미소 지었다.

"내 낭군님이 어떤 분이신지 모르는 건 아니겠지?"

그걸 모를 리가 있나. 하지만 그거와 이게 도대체 무슨 상관이…….

있다. 상관이 있다.

단군 신화를 보면 환웅은 환인의 자식으로 하늘에서 내려왔다고 한다. 그리고 기린은 하늘의 사자로서 왕을 정한다고 했고.

그 둘이 관계가 있다고 해서 이상할 것은 없다.

"잠깐만. 그러니까……."

"그래. 네 생각대로 마음만 먹는다면 낭군님께서는 하늘에 직접 청을 올려 기린의 시험을 받지 않는다 해도 너를 왕으로 만들어 줄 수가 있단다."

이상하다는 생각이 들었다.

"느낌이 환인님에게 부탁한다는 게 아닌 것 같은데."

"음……. 네게 설명할 수는 없지만 아버님이 계신 곳과 요괴들이 따르는 하늘은 다르단다. 천외천(天外天). 이렇게 말하면 알아듣겠니?"

잘 모르겠지만 대충은 알 것 같다. 어찌 되었건 일종의 핫라인 같은 게 가능하다는 말이라는 건 변함이 없다는 거군.

그렇다면……. 이건 너무나 달콤한 유혹이다. 웅녀는 나를 기린의 시험 없이 왕이 되도록 만들어 준다고 한 거니까. 생각을 넓히면 내가 왕이 되어 랑이의 책임을 대신할 경우, 자신이 그 뒤를 봐주겠다고 해석도 가능하다.

"어떠니? 이 정도의 조건이면 꽤 괜찮지 않을까?"

하지만 지금까지 살아오면서 모든 일이 나에게 좋게 흘러간 적이 없는 사람으로서 묻지 않을 수 없었다.

"그게 너한테 무슨 이득이 있는데?"

당연한 질문이라고 생각하지만 웅녀는 의아해하는 기색을 보였다.

"그걸 몰라서 묻니?"

혹시 웅녀가 보기에 나는 세희나 냥이와 동급인 걸까. 그러면 상당히 곤란한데.

"아, 그렇구나. 정말로 몰라서 묻는 것 맞네."

자기 혼자서 답을 낸 웅녀가 말했다.

"네가 호랑이 대신 책임을 져 주게 되면 낭군님께서 당신의 뜻을 이루시는 것이 훨씬 편해지잖니. 아무리 그래도 요괴인 호랑이보다 인간인 네가 말이 잘 통할 테니까."

"날 꼭두각시로 삼겠다는 거야?"

웅녀는 고개를 저었다.

"그런 건 아니란다. 제안을 할 뿐이야. 의견을 제시할 뿐 결정은 결국 네가 하게 될 거란다."

그게 꼭두각시가 아니고 뭔데?

……그럼에도 이 제안은 꽤나 흥미가 생긴다. 발등에 떨어진 급한 불은 끌 수 있고 웅녀가 나를 이용하려고 하면 그 때

가서 대응하면 되니까. 화장실 갈 때와 나올 때가 다르다는 말도 있잖아. 나라고 그렇게 하지 못할 것이 어디 있냐.

하지만 뭔가 마음에 들지 않는다. 마음을 그쪽으로 기울이려고 해도 어린아이의 치기 같은 무엇인가가 날 가로막았다.

이건 뭐지?

"어떻게 할 거니?"

이성의 권유에 따라 대답하는 게 맞지 않을까. 지금은 가슴보다 머리로 생각해야 할 때라는 생각을 하며 입을 열려고 하는데.

[날 좀 보소~ 날 좀 보소~ 날~ 좀~ 보소~.]

김이 새 버렸다. 누가 내 벨소리를 랑이가 부른 밀양 아리랑으로 바꿔 놓은 거야?

……세희겠지.

나는 주머니에서 폰을 꺼내 발신자를 확인했다. 저장해 둔 기억이 없는데 화면에는 세희라고 적혀 있었다. 범인이로구나. 이걸 받아야 할지 말아야 할지 고민하고 있을 때 웅녀가 말했다.

"받으렴."

나는 고개를 숙인 다음에 몸을 돌리고서 잠금 해제를 한 뒤 조심스럽게 폰을 귀에 댔다. 폰을 통해 들려온 세희의 목소리는 나로서는 상상도 못 할 일을 알려 주었다. 단 한 번도 상상하지 못한 일이기에 나는 내 귀를 의심하며 되물을 수밖에 없었다.

"……뭐? 너 지금 뭐라고 했냐?"

[지금은 언어 듣기 평가 시간이 아니기 때문에 친절하게 다시 한번 말씀드리겠습니다.]

긴 서론이 지나고 나서야 세희는 내가 잘못 들은 게 아니라는 사실을 인지시켜 주었다.

[주인님께서 가출하셨습니다.]

가출.

가정을 버리고 집을 나가는 것을 말한다.

랑이가 가출을 했다고? 하도 어이가 없는 이야기라 잠시 정신이 가출해 버렸다. 하하하하.

이런 재미없는 말장난이나 할 정도로 내 머리는 텅텅 비어버렸고 그 빈자리를 세희의 목소리가 가득 채웠다.

[자세한 이야기는 직접 말씀드리겠습니다, 도련님. 최대한 빨리 돌아오시지요.]

아니, 아니. 그 전에. 그 전에 걸고 넘어갈 문제가 있다.

"넌 왜 안 따라갔냐? 아니, 안 말렸어?"

세상에서 가장 중요하다고 생각하는 것이 랑이인 녀석이다. 그리고 창귀란 자신을 잡아먹은 호랑이에게 착~! 달라붙는 귀신. 그런데 랑이가 가출을 한 지금 세희가 내게 전화를 걸어서 주인님이 가출을 했다~라는 말을 하는 상황이 이해가 안 된다.

[전과 같은 이유로 따라갈 수도, 말릴 수도 없었습니다.]

기억하고 싶지 않은 옛일이 떠오르자 마음이 급해졌다.

"알았어. 금방 갈게. 가서 이야기하자."

[예, 도련님.]

나는 전화를 끊고 옆으로 고개를 돌렸다. 어딘가 능글능글하게 미소 짓고 있는 웅녀가 나를 보고 있었다.

"이야기는 끝났니?"

그러고 보니 웅녀의 제안에 대한 답이 아직이다.

웅녀의 제안에 답을 내는 것이 먼저인가, 아니면 집으로 돌아가 랑이에 대한 이야기를 듣는 게 먼저일까.

그런 생각이 드는 순간.

나는 그 두 가지를 같은 저울 위에 올려놓았다는 사실에 구역질을 느꼈다.

빌어먹을. 나 미친 거 아니야? 지금 그딴 걸 랑이하고 비교하고 있는 거냐? 이 모든 일은 랑이를 위한 일이다. 랑이가 가출이라는 극단적인 반항을 한 이 상황에서 다른 걸 신경 쓸 여유 같은 건 없다고!

나는 자기혐오를 있는 힘껏 추스르고 웅녀에게 말했다.

"괜찮으면 나중에 다시 이야기하고 싶은데 괜찮을까?"

"시간은 많으니 괜찮단다. 너도 천천히 느긋하게 생각해 보렴. 내 이야기에 대해서."

"가능하면 나도 그러고 싶네."

웅녀가 자애로운 미소를 보내는 것으로,

“아.”

나래가 돌아왔다. 나래는 내가 뭐라고 하기도 전에 내 손을 잡고서 자리에서 일어났다.

“일단 가자. 언니도 빨리요.”

행동력 넘치는 소꿉친구를 둬서 기쁘다니까.

그런데 나래야. 브래지어가 없는 지금, 그렇게 격하게 움직이시면 제가 움직일 수 없게 됩니다.

첫 번째 이야기

사람은 자신의 한계를 잘 알아야 하는 법이다. 내가 반인반선이라고 해도 요술 같은 힘을 쓰지 못하는 지금, 집으로 가장 빠르게 돌아가는 방법은 내 두 다리를 믿는 것도 대중교통을 이용하는 것도 아니다.

"고마워요, 누나."

그래서 나는 부끄러운 것도 참고 정미 누나의 등에 업혀서 집에 돌아왔다. 통칭 어부바를 이 나이에 세 살 연상의 누님에게 부탁했다는 거지. 나중에 생각하면 벽에 머리를 박을 정도로 창피할 일이겠지만 지금은 그런 걸 따질 상황이 아니다.

"아니, 뭘. 또 부탁해도 돼."

정미 누나가 그리 기분 나빠 하거나 날 이상한 놈 취급하지 않아 줘서 다행이다. 아니, 오히려 뭔가 기뻐 보이기까지 한다. 그런데 왜 자꾸 뒤로 팔을 돌려 허리 부근을 만지작거리십니까. 제가 허리가 아플 정도로 무거웠나요.

정미 누나에게 묻고 싶은 것은 많았지만 사실 지금은 그런 사소한 거에 신경 쓸 때가 아니었다. 내가 집을 나섰을 때와는 눈에 띄게 달라진 점들이 보였으니까. 가장 먼저 눈치챈 것은 시위 중이었던 요괴 아이들이 사라졌다는 것이다. 그 자리를 대신하겠다는 듯이 **비어 버린 술병 몇 개**가 굴러다니고 있을 뿐. 그리고 두 번째로 시선에 들어온 것은 우리 집의 한쪽 면이 완전히 박살 나 버린 것. 집의 구조를 생각해 보았을 때……. 저긴 내 방이다.

랑이, 이 자식. 가출할 때 호랑이 모습으로 했구나. 그러고 보니 아야 때에도 벽 뚫고 나간 일이 있었지. 나는 한숨을 쉬고 우리보다 **조금 늦게** 뛰어오고서 약간 어리둥절해 있는 나래에게 일단 들어가 보자고 말하려고 했는데, 정미 누나가 할 말이 있었던 것 같다.

"나래야, 넌 잠깐 나 좀 따라오는 게 좋겠다."

"왜요?"

"웅녀님께 신 내림을 받았잖아? 그것 때문에 몇 가지 알려 줄 게 있어서 그래. 너도 뭔가 이상한 걸 느끼고 있지?"

"그렇긴 한데 여기서 하면……."

나래는 말을 하다가 정미 누나가 나를 눈짓으로 가리키는 것을 보고는 고개를 끄덕였다.

"알겠어요."

무슨 일인지는 몰라도 내가 들어서는 안 되는 이야기 같기에 나는 먼저 들어간다는 말을 하고서 집 안으로 들어갔다.

그리고 난 집을 나서기 전과 달라진 마지막 한 가지를 깨달을 수 있었다.

집 안에 인기척이 없다. 현관에 있어야 할 각양각색의 신발들이 보이지 않는다. 생각해 보니 마당에 있어야 할 바둑이도 보이지 않았다.

마치, 여름 방학 전의 우리 집처럼.

소름이 돋았다.

"꽤나 빨리 오셨군요, 도련님."

내가 그림자에서 솟아 오른 세희가 반가운 것은 단순히 그런 이유다.

"제 품에 안겨서 우셔도 됩니다."

"시끄러."

정미 누나의 등에 업혀 있던 것 자체가 심리적으로 힘든 일이었기에 나는 소파에 깊이 몸을 기대며 앉았다. 그런 내 옆에 세희가 허리를 꼿꼿이 세우며 앉으며 말했다.

"무슨 일이 일어났는지 말씀드립니까?"

사실 세희가 말해 주지 않아도 지금 상황은 대충 상상이 간다. 집 안에는 아무도 없고 요괴 아이들도 사라졌는데 뻔하지. 그래도 듣고 싶다. 확인하고 싶다.

"응."

"잘 생각하셨습니다. 돌다리를 두들기고 건너는 것은 누군가에게는 어리석다 생각되겠지만, 썩은 다리를 두드리고 건 너는 것을 과한 대비라고 여기는 경우는 없을 테니까요."

그래도 다리 취급은 해 주는구나.

"그래서 어떻게 된 거야?"

"주인님께서는 냥이 님의 뜻을 따르기로 결심하셨습니다."

확실하게 넘어가자.

"겉으로만, 이겠지?"

"장사 한두 번 해 보십니까."

"썩은 다리라서."

"자격지심은 좋지 않습니다, 도련님."

"네놈의 평가였다!"

"전 도련님을 썩은 다리라 평한 기억이 없습니다."

이렇게 교묘하게 빠져나가니 이길 수가 없지.

"어쨌든. 랑이가 요괴 아이들을 위해서 스스로 내 곁을 떠났다는 거지? 치이와 페이, 아야와 바둑이까지 데리고서."

세희가 과장되게, 다시 말하면 나를 바보 취급하기 위해서 일부러 고개를 갸웃거리며 말했다.

"무슨 말씀이십니까? 바둑이는 주인님을 지키기 위해서 자리를 비우기는 했습니다만 다른 분들은 남아 있습니다."

나는 주위를 둘러보았다. 내 눈이 '넌 자신의 신체에 대한 믿음이 필요해.' 라고 말하는 기분이 들었다.

"어디에?"

"여기 계시지 않습니까."

세희가 어깨를 으쓱하고서 오른팔을 아래쪽으로 털자 소매에서 순서대로 까치, 까마귀, 여우가 튀어나와 차곡차곡 쌓이더니 펑! 하고 사람으로 변했다.

"꺄우우우?!"

[?!?!?!?]

"키이이잉?!"

치이와 페이와 아야가 삼단 케이크가 되어 거실에 나타났다. 가장 밑에 깔린 치이가 귀 위 머리카락을 파닥이며 손으로 바닥을 탁탁 치며 비명 지르듯 외쳤다.

"무, 무거운 거예요! 빨리 나오는 거예요!"

그러거나 말거나 중간에 끼인 페이는 고개를 들어 나를 바라보며 엄지를 추켜올렸고.

[요괴 덮밥. 골라 먹는 재미가 있음.]

가장 정상적인 행동을 한 건 아야였다. 아야는 치이와 페이의 위에서 구르듯이 내려와 벌떡 일어나 옷을 탁탁 털었거든.

"키이잉!! 새 요괴들은 왜 이렇게 밝히는 거야?!"

"아우우? 밝히는 건 페이뿐인 거예요!"

치이의 요권을 위해서 나는 아무 말도 하지 않는 게 좋겠다.

"페이가 하는 우리 아빠 이야기에 관심 보였잖아, 이 변태야!"

이 까마귀 녀석은 저 안에서 도대체 무슨 이야기를 한 거야.

"꺄우우우?! 저, 전 그냥 오라버니에 대한 이상한 이야기를 하니까……."

[안 말리고 계속 들었음. 맞장구는 옵션.]

"꺄우, 꺄우우우우!!"

얼굴이 새빨갛게 된 치이가 고개를 푹 숙이며 침몰했다.

"우리 아빠한테 그런 건 백 년은 이르다고, 이 변태 요괴들아!"

그러니까 무슨 이야기를 한 거냐고 묻고 싶었지만 여자애들의 대화에 잘못 끼어들었다가는 피 본다는 사실을 나는 인터넷에서 본 글을 통해서 알고 있다. 그런데 아야야. 넌 왜 그렇게 기세등등한 거냐. 날 힐끗힐끗 훔쳐보는 건 무슨 뜻이야?

어쨌든 나는 이 상황을 정리하기 위해서 일단 폐이의 허리를 두 손으로 잡아 일으켜 세웠다. 오락실의 크레인 게임을 하는 느낌이 드는 것과 동시에 아야의 눈매가 날카로워졌다.

"너도 일어나."

"아우우우. 아닌 거예요, 오라버니. 전 야한 아이가 아닌 거예요."

그래, 그래. 치이 정도면 성에 눈을 뜰 나이지. 내 나이 대에는 성에 굶주린 야수같이 될 때고.

"지금 이런 상황에서도 잘도 그런 생각을 하실 수 있다는 것에 감탄할 수밖에 없군요."

"생각 읽었냐."

"표정만 봐도 압니다."

나도 알 것 같으니까 거울 치워라.

"그런데 잘도 안 따라갔네?"

요괴 아이들이 내건 구호는 인간쓰레기인 내게서 요괴 아이

들을 구해 내는 거였으니까 내 의문은 타당하다. 하지만 아야는 그렇게 생각하지 않는 것 같다.

"내가 왜 그 바보 녀석을 따라가야 하는데? 내가 있을 곳은 여기란 말이야, 이 불량 아빠야! 착한 짓 했는데 머리도 안 쓰다듬어 주고!"

새침하게 말하며 내 옆구리를 파고들어 강제로 내 손을 자신의 머리 위로 올리는 아야를 보니 말을 잘못한 것 같다.

"그래, 그래."

나는 아야의 바람대로 머리를 쓰다듬으면서 치이에게 시선을 돌렸다가…… 폐이 쪽으로 고개를 돌렸다. 치이는 아까 아야의 말에 격침을 당해서 아직 제대로 말을 못 할 눈치였거든. 폐이는 내 눈빛을 읽었는지 자랑스럽게 허리를 펴며 그 위에 손을 얹고 턱을 들어 올려 힘껏 잘난 체를 하며 글을 썼다.

[세희가 숨겨 줌.]

"지금 어디에 네가 잘난 척할 부분이 있어?!"

[말하지 않아도 알아준 점!]

……그래. 고맙다, 야. 나는 칭찬을 해 줄 생각으로 폐이를 손짓으로 불렀다. 양 갈래 머리를 빙글빙글 돌리며 사뿐히 다가온 폐이의 머리를 쓰다듬어 주고 있자니 맞은편에서 시선이 느껴진다.

"왜."

"아닙니다."

세희가 고개를 휙 돌린다. 지금까지의 반응만 본다면, 가장 칭찬받을 만한 일은 자신이 했는데 왜 자신은 아무런 말도 안 해 주냐고 투정 부린다 생각하겠지만 상대는 세희다.

그럴 리가 없잖아?

"고마워."

그래도 고마운 건 고마운 일이다. 이 녀석들마저 잠시라도 내 곁을 떠났다면 정말 심적으로 힘들었을 테니까.

"엎드려 절 받기로군요."

사실 그대로이기 때문에 나는 분위기 전환을 위해서 소파에 앉았다.

아야와 페이는 자연스럽게 내 양쪽에 앉았고 지금도 얼굴을 두 손으로 가린 채, 자신은 야한 아이가 아니라고 자기 부정하고 있는 치이에게 팔을 뻗어 내 무릎 위에 앉혔다. 내가 그럴 줄 몰랐는지 치이는 귀 위 머리카락을 파닥이며 당황한 목소리를 냈다.

"꺄우우우?!"

"왜 그래. 동생이 오빠 무릎 위에 앉는 거 가지고."

변명 같은 말에 치이가 갑자기 고개를 팍 들고서는 힘 있는 목소리로 말했다.

"그, 그런 거예요! 동생이 오라버니 몸과 성벽에 흥미를 가지는 건 전혀 이상하지 않은 거예요!"

이상하다고 말했다가는 조금 전같이 제정신을 못 찾을 테니까 화제를 돌리자.

"그보다 네가 남는 거에 대해서 요괴 아이들이 뭐라고 하지 않디?"
"전 귀신이지 않습니까."
귀신이라고 하면 격이 낮아 보이니까 악귀 정도는 돼야 맞을 것 같은데. 그런 실없는 생각을 하며 나는 한숨을 내쉬었다. 여유가 찾아오니 현 상황이 더욱 피부에 와 닿았거든.
아무리 화가 나도 랑이가 냥이의 제안을 받아들일 거라고는 상상조차 하지 못했다.
무슨 일이 있어도 나와 랑이는 함께 있는다.
그 생각이 내 모든 것의 전제였다. 그 전제가 당사자에게 부정당했다는 걸 인식한 지금. 나는 갑자기 천 길 낭떠러지로 떨어지는 듯한 기분이 들었다. 내 발 아래에 있는 것은 도대체 무엇이었나.
"그보다 저도 묻고 싶은 것이 있습니다."
……지금은 삽질할 때가 아니라고 세희가 다그치는 기분이 들었다.
"뭔데?"
"웅녀의 설득은 어떻게 되셨습니까."
"엿듣지 못했냐?"
"상대가 웅녀라는 것을 잊으시면 곤란합니다."
말은 그렇게 하지만 전혀 주눅이 들거나 안타깝다거나 분하다는 기색을 전혀 내비치지 않는 것을 보아 하려면 할 수 있을 것 같은 기분이 든다.
"못한 거야, 안 한 거야?"

"마음만 먹으면 저의 뜻 또한 하늘까지 닿긴 하지만 이번에는 어떨는지요."

마음에 걸리는 대답이 돌아왔다.

"그보다 말씀은 안 해 주실 겁니까."

세희의 독촉에 나는 웅녀와의 대담을 기억하는 대로 말해 주었다. 내가 입을 다물자 세희는 잠시 생각에 잠기더니 세간에서 흔히 말하는 잘못된 길을 걷는 청소년들이 지을 법한 미소를 지었다. 그 미소는 여기가 골목길이라면 뒤도 돌아보지 않고 도망쳤을 정도로 무섭고, 실제로 치이와 페이와 아야가 도망칠 기세라 이유를 물어보지 않을 수 없었다.

"왜 그러냐."

공포란 무지에서 오는 경우가 많으니까.

"일이 제 예상대로 흘러가서 그렇습니다."

"나보고 왕이 되라고 한 게 예상 범위였다고?"

"주인님께서 왕 노릇하시겠다면 균형을 맞추기 위해서 인간들의 왕 역시 세워져야 하는 것 아니겠습니까? 그런 의미에서 지금 주인님과 균형을 맞출 만한 인간은 도련님밖에 없으시니 웅녀라면 왕이 되라고 할 만하지요. 저라도 그러겠습니다. 도련님의 사정과는 상관없이 말이죠."

넌 여전히 내 머리 위에서 놀고 있구나. 하지만 그런 나도 세희에게 하도 많이 당해서 그런지 지금 한 말이 전부가 아니라는 것을 눈치챌 수 있었다. 겨우 그런 사실에 이 녀석이 나조차 질릴 정도의 미소를 지을 리가 없잖아.

"그거 말고도 더 있는 것 같은데?"

"저는 사실을 고했습니다, 도련님."

"사실의 일부겠지."

"저를 못 믿으시는 겁니까?"

짐짓 실망했다는 듯 슬픈 표정을 짓지만 거기에 속을 내가 아니다.

"내가 너한테 하루 이틀 당했냐. 다른 것도 말해."

"칫."

순식간에 표정 바꾸는 게 여우주연상 감이라니까.

"그건 도련님께서 아직 아실 필요가 없는 일입니다."

"나는 네가 그런 말을 할 때가 가장 무섭다. 분명히 나하고 관계가 있는 일일 테니까."

"그걸 알기 때문에 일부러 이렇게 말하는 겁니다."

여기 확신범이 있어요.

"그래서 말 안 할 거야?"

"자꾸 귀찮게 구시니 그냥 말씀드리겠습니다."

세희는 마치 파리를 쫓듯이 손을 저은 후 말을 이었다.

"그런 것을 왕이라고 할 수 있을까 생각했을 뿐입니다. 타인에게 이용당하는 왕이란, 단순한 꼭두각시 아니겠습니까?"

일어날 수 없는 상황이기에 나는 세희에게 이쪽으로 다가오라고 손짓을 했다. 세희가 가까이 온 후, 나는 그 이마에 손을 올렸다. 차갑다.

"귀신은 감기에 걸리지 않습니다."

"안타깝네. 열 때문에 조금 이상해졌다고 생각도 할 수가 없고."

"친절과 성실이 제 모토입니다."

평소라면 웃기지도 않는 소리라고 하겠지만 지금은 넘어가 주기로 했다. 세희가 이렇게 알기 쉽게 내게 힌트를 준 건 정말 오랜만인 것 같으니까.

"그건 그렇고. 나는 잠깐 랑이 좀 만나고 온다."

세희가 내 이마에 손을 올렸다. 여름날, 이마에서 느껴지는 시원한 손길이 기분 좋다.

"여름 감기는 바둑이도 안 걸린다잖아."

"그것 참 안타깝군요. 열 때문에 헛소리, 실례, 실언을 하셨다고 생각할 수도 없으니 말이죠. 아니면 혹시 가출이라는 단어의 뜻도 제대로 모르시는 겁니까?"

내가 아무리 공부를 못한다고 해도 일단 고등학생이다. 가출의 사전적인 단어나, 그 안에 내포된 뜻 같은 걸 모를 리가 있나.

하지만 말이다. 자식이 가출하면 부모는 찾는 게 일이라고.

"나한테는 이게 있다."

나는 주머니에서 세희가 준 솥뚜껑 mk2를 꺼냈다. 그걸 본 세희는 아! 하고 입을 벌리며 놀라는 척을 했다.

"세상에, 잊지 않고 계셨습니까."

"잊을 리가 있냐."

아야를 납치, 아니, 보호할 때 쓴 지 얼마나 됐다고.

"그럼 갔다 온다."
"아우우우, 그런데 오라버니."
이야기를 듣고 있던 치이가 고개를 돌려 나를 바라보며 물었다.
"랑이 님을 만나면 뭐라고 하실 거예요? 생각은 해 둔 건가요?"
"아니."
"……오라버니."
[……걱정됨.]
"……도련님."
"……바보 아빠."
다른 애들은 그렇다 쳐도 세희가 진심으로 실망하는 기색을 보이는 걸 보니 내가 옛날보다 성장하기는 했나 보구나.
"일단 가서 만나고, 얼굴 보고 제대로 이야기하고, 집에 데려올 생각이야. 여기서 중점적으로 들어야 할 부분은 제대로 이야기하고, 다. 그러니까 너무 걱정하지 말고 기다리고 있어."
나는 대답을 기다리지 않고 솥뚜껑을 긁었다. 그리고 아무런 일도 일어나지 않았다.
"어?"
당황해서 다시 한번 긁어 보았지만 손톱만 닳을 뿐이었다. 옛날이라면 당연하게 여겼을 현실을 받아들이지 못하고 있자니 옆에서 세희가 말했다.

"아, 말씀드리는 걸 깜빡했는데 솥뚜껑은 1회용입니다."

"진짜냐?!"

"그럴 리가요."

한 대 때리고 싶다. 진짜 때리고 싶다. 세희는 내 손에서 솥뚜껑을 가져간 뒤 이리저리 둘러보고서 내게 말했다.

"솥뚜껑에 건 요술 자체에는 문제가 없습니다."

"그러면 왜 안 되는데?"

"다른 쪽에 문제가 있는 거겠죠."

"랑이한테?"

세희가 고개를 끄덕이고는 솥뚜껑을 내게 돌려주었다.

"아마도 냥이 님께서 요술로 대책을 마련하신 것 같습니다. 혹시나 도련님의 썩어 빠진, 실례, 잘생긴 얼굴을 보고 주인님의 결심이 흐트러지는 일이 없도록 말이죠."

말을 바꿨지만 어느 쪽이든 조롱으로 들려서 기분 나쁘다. 나는 마음의 안정을 한숨으로 되찾은 뒤 말했다.

"……그러면 어떻게 하는 게 좋을까."

세희가 눈을 동그랗게 뜨며 물었다.

"도련님께서는 가출도 안 해 보셨습니까?"

"출가는 하고 싶었지."

세희의 놀란 척하기는 날이 갈수록 진심과 거짓을 구분하기가 쉬워졌구나.

"세상에. 성욕의 대명사 같은 도련님께서 출가를 생각하셨다니!"

"안 되는 거예요! 오라버니는 스님이 되면 안 되는 거예요!"
[결사반대. 절대 반대.]
"키이잉!! 아빠가 스님이 되면 나는 어떻게 할 건데?!"
말장난도 치는 사람이 치는 거지 나는 안 되겠다.
"농담이었어."
아이들이 안도의 한숨을 쉰다. 이대로 가만히 있다가는 안도감 뒤에 몰려오는 분노에 내가 치일 것 같아서 나는 재빠르게 세희에게 말을 걸었다.
"어쨌든 그걸 왜 물어보냐."
"그야 경험해 보셨다면 지금 무엇을 하셔야 할지 아실 테니까요. 직접 가출을 해 보기도 전에 가출한 자식을 둔 부모님의 심정을 먼저 이해해야 하다니, 참 기구한 인생이십니다."
나도 모르게 동의를 해 버릴 뻔했다.
"장난치지 말고."
"알겠습니다."
세희는 장난기가 쏙 빠진 얼굴로 내게 말했다.
"도련님께서는 집 안에 가만히 앉아서 주인님을 걱정하시면 됩니다."
내가 걱정되는 것에 혈압이 추가되었다.
"장난치지 말라는 말 못 들었냐?"
"그러면 어쩌실 겁니까. 주인님을 찾기라도 하실 겁니까? 주인님은 마음만 있으시다면 지금 당장이라도 달나라에 가실 수 있는 분이십니다."

한마디로 찾는 건 포기하라는 말이지. 나 혼자만 있었다면 그럴 생각도 아주 조금은 들었을지 모른다. 하지만 세희가 있는데 내가 왜 그러겠냐.

"너는 랑이가 어디 있는지 알고 있잖아."

이 주인님 러브러브 귀신이 랑이를 그냥 보내 줄 리가 없다. 분명히 무슨 짓을 했겠지. 그 증거로 마당 구석에 술병이 굴러다니고 있었다. 우리 집, 아니, 요괴 아이들하고 곰의 일족을 통틀어서 술을 마시는 놈은 세희밖에 없다. 그리고 세희가 술을 마시는 경우는 힘든 일을 할 때지. 그래. 가령 진심으로 가출한 랑이의 소재지를 찾아보기 위해서 요술을 썼다거나.

"아무리 저라 해도……."

"그럼 술은 왜 마셨냐."

세희가 얼굴을 붉히며 고개를 숙였다.

"죄송합니다, 도련님. 혹시 술 냄새가 났습니까?"

"아니? 그냥 술병이 보여서 물어본 건데."

세희가 눈매를 가늘게 떴다.

"소가 뒷걸음질을 치다가 바둑이를 잡는다더니……."

"우리 집에서 술 마시는 사람이 너 말고 누가 있는데."

"그도 그렇군요."

세희는 어깨를 으쓱거리며 내 말을 기다렸다.

"가르쳐 줘."

"싫습니다."

배신감이 드는 걸 봐서 내가 세희를 믿긴 믿었나 보다.

"야."

"치이 님께서 하신 말씀을 다시 한번 들려드리겠습니다. 그래서, 주인님이 계신 곳을 가르쳐 드리면 어쩌실 겁니까."

어쩌긴. 아까 말했던 대로 해야지. 제대로 이야기를 하고서…….

제대로 이야기를 하고서?

그게 지금 가능한 일인가?

지금 나와 랑이는 서로 절대로 물러설 생각이 없는데?

"눈치채셨습니까?"

할 말이 사라졌다.

"지금 상황에서는 도련님께서 주인님을 찾아 다시 이야기를 하시더라도 달라질 것은 없습니다. 혹여나 강제로 데려오신다 하더라도 결국 주인님께 두 번 가출한 호랑이라는 타이틀을 달아 드릴 뿐이죠."

랑이가 가출한 이유를 해결하지 못한다면 같은 일의 반복이라는 말이다. 그 이유는 다시 말할 필요가 없겠지.

"……사면초가네."

"그래도 아까보다는 나아진 상황이 아닙니까?"

"나아지긴 뭐가 나아져."

웅녀가 제시한 방법이 좋지 않다는 걸 자기 입으로 말해 놓고서.

"적어도 밖이 조용해지지 않았습니까."

……랑이가 내 곁에 없는데 그게 무슨 소용 있냐. 세상이 끝

나 버린 것 같구만.

"으아아아아~."

어떻게 해야 할지 모를 답답함이 입을 통해 이상한 소리로 변해 밖으로 나왔다.

"넌 또 왜 그래?"

언제 들어왔는지 모를 나래의 날이 선 목소리에 살짝 겁에 질리고 말았다. 좋아하는 여자애의 목소리에 겁부터 집어먹는 건 어떨지 모르겠군.

"이야기는 다 끝났어?"

나름 화제를 돌리려는 내 수법에 나래는 갑자기 입을 다물고 얼굴을 붉혔다.

"응? 왜 그래?"

"시끄러! 네가 알 거 아니야!"

예전의 나였다면 나래의 반응에 상처를 받았겠지만 지난 한 달간의 시간이 나를 강하게 만들었다. 나래가 이럴 때는 뭔가 부끄러운 일이 있기 때문에 그걸 숨기려고 하는 거일 경우가 많다. 그리고 그 숨긴 무언가를 알아내려고 하면 내 목숨이 위태로워진다는 사실도 알고 있다. 나는 깊게 파고들지 않고 넘어가기로 했다. 나래에게 해 줄 말도 있고 말이야.

나는 나래에게 세희에게 들었던 지금의 상황을 이야기해 주었다. 내 옆에 앉아 폐이를 안아 든 나래는 이야기를 듣고 나서 지금의 이 상황을 이렇게 정의 내렸다.

"모르겠네."

모른다고 하면 곤란합니다, 나래 님. 저보다 훨씬 머리가 비상하신 나래 님께서 아무런 생각도 안 난다는 건 곧 저 역시 답을 찾는 걸 포기하라는 말이 되니까요.

"……그런 눈으로 보지 마."

"내가 뭘?"

"버림받은 강아지 같은 눈을 하고 있었어."

재수 없다는 게 다르지만.

목소리 대신 눈빛으로 말씀해 주셔서 감사합니다.

"너는 어떻게 하는 게 좋을 것 같아?"

나래의 물음에 세희는 대답 대신 어깨를 으쓱하는 몸짓을 보여 주었다.

"너는?"

나도 똑같이 따라 했다.

내 허리가 활처럼 휘었다.

"아야야야얏!! 나는 왜?!"

"넌 장난친 거잖아."

"반은 진심이었습니다."

"성훈아. 하반신만 죽여 줄까?"

그것은 남자로서 완전한 죽음이다.

"너희들은?"

나는 치이와 페이와 아야에게 물어보았지만 고개를 흔드는 대답밖에 듣지 못했다. 정확히 말하자면 아야는 뭔가 깊은 생각에 잠겨서 대답도 하지 않았지만. 다만 이 녀석도 답이 없다는 걸 알고 있지만 뭔가 자존심 문제로 이야기를 못 하고 있는 느낌이 든다.

"결국은 지금 저희가 취할 수 있는 행동은 아무것도 없다는 말이 되겠지요."

"그러네. 지금은 일단 상황이 변하기를 기다릴 수밖에 없을 것 같아."

그건 아니지. 나는 둘의 의견에 이견을 제시했다.

"아무리 그래도 손 놓고 있을 수는 없잖아?"

나래는 한숨을 쉬었다.

"지금은 랑이가 제대로 화난 것 같으니까 잠시 놔 둬. 그럴 때는 아무리 옳은 말을 해도 의미가 없어. 오히려 반발심만 커진다고."

그 좋은 예시가 바로 여기에 있었다.

"그래도 그렇지. 랑이가 가출했는데 어떻게 아무것도 안 하고 기다리기만 해? 찾아갈 수는 없어도 뭔가 다른 방법을 찾아봐야지. 옆에 냥이도 있는데 이상한 소리를 들어서……."

나는 열변을 토하다가 나를 향한 눈빛들이 싸늘하게 식어 있는 것을 깨닫고 입을 다물었다. 내가 무엇을 잘못했나 생각해 보았지만 답이 나오지 않기에 솔직하게 물어보기로 했다.

"왜?"

"넌 랑이를 그렇게 못 믿어?"

"주인님을 그렇게 못 믿겠습니까."

"랑이 님이 그럴 것 같지는 않은 거예요."

[랑이, 치이만큼 성훈 러브러브. 흔들리는 일 없음.]

"그 녀석이 바보이기는 해도 그럴 리가 없잖아, 이 팔불출아."

쏟아져 오는 힐난에 나는 자기방어 본능을 일깨웠다.

"랑이를 못 믿는 게 아니라 걱정이 된다는 거지."

세희가 먼저 피식 웃고는 고개를 절레절레 흔들었다.

"도련님께 걱정을 받다니. 주인님께서 어쩌다 그런 취급을 받으실 정도가 되었는지 모르겠습니다."

"쓸데없는 걱정이야. 과보호고. 랑이가 어리기는 해도 심지가 곧고 생각도 깊은 아이인걸."

"지금 걱정되는 건 오히려 오라버니인 거예요."

[인간이 호랑이 걱정하는 격.]

"자기 배부른 줄도 모르는 바보 걱정할 시간에 나한테 신경 써 달란 말이야, 이 무책임아."

이런 반응을 보니까 정말로 내가 과보호에 걱정만 많은 사람 같지만 아니라고!

"그래도 가출했잖아!"

왜 나를 보는 눈빛이 다 식은 거지?

"그렇다면 정정해 드리지요. 주인님께서는 화가 나셔서 잠시 친정집에 돌아가셨습니다."

"말장난이냐?!"

세희의 어이없는 말에 나래도 화를 냈다.

"그래, 친정집은 무슨 친정집이야?!"

……화를 내는 포인트가 조금 다른 것 같지만 넘어가자. 나와 나래의 반응에 세희는 다시 한번 어깨를 으쓱거렸다.

"농담이긴 하지만 그리 틀린 이야기도 아니며, 지금 당장 도련님께서 주인님을 만나러 갈 필요성이 없다는 것 또한 달라지지 않습니다. 무엇보다."

세희는 상대를 불안하게 만드는 미소를 지었다.

"이 제가, 주인님께서 어디 계시는지 알아보기 위한 간단한 요술을 쓰기 위해 술을 마셨다고 생각하십니까?"

그렇군.

생각해 보니까 그러네. 갑자기 나와 랑이는 잠시 감정을 다스릴 시간이 필요할지도 모르겠다는 생각이 들었다. 세희가 술까지 마셔 가며 뭔가를 했다면 걱정할 필요가 없겠지

"……발등의 불을 끄기 위해 지어낸 말에 그런 태도를 보이시면 아무리 저라고 한들 죄책감이 생깁니다."

뭐라고 하거나 말거나 이미 내 머리는 차가워졌고 그제야 주위를 둘러볼 여유가 생겨났다. 그래. 랑이를 지키기 위해서 바둑이까지 따라갔잖아? 물론 힘만을 생각하면 바둑이가 랑이보다 약하다. 하지만 지킨다는 게 꼭 몸의 안전을 말하는 건 아니지.

랑이의 마음이 힘들어질 때, 바둑이는 분명 그 진가를 발휘하게 될 것이다. 그건 이미 내가 몇 번이나 겪어 봐서 알고 있어.

마음의 여유를 되찾자 지금까지 잊혀져 있던 몸이 이제는 자기도 신경 써 달라고 소리를 낸다.

"알았어. 그러면 지금은 일단 밥이나 먹자."

모두가 바랐던 말을 했는데 다들 반응이 뭔가 이상하다. 세희는 자신의 과거를 되돌아보는 표정이고 나래는 그런 세희와 나를 번갈아 보며 상당히 복잡한 표정을 지었으며 치이와 페이는 서로의 손을 잡고 까악깍깍거리고 아야는 내 팔을 꽈악 끌어안았다.

"……왜 그래?"

세희야 무슨 생각을 하든 내가 신경 쓸 것 없기에 나는 나래에게 물어보았다.

"몰라, 이 바보, 멍청아!"

……이유 모를 매도를 당했다.

오늘은 일어나자마자 정말 별의별 일이 있었기 때문에 내 몸과 마음이 너덜너덜해져 있었던 것 같다.

"왜 그렇게 깨작깨작하는 거야?"

그렇지 않다면 나래가 정성스럽게 준비하고 치이가 차려 준 저녁을, 세희는 내 방을 고치느라 시간이 안 났다, 먹으면서도 식욕이 없는 게 말이 안 되니까.

"……설마 맛없어?"

나는 깜짝 놀라 고개를 붕붕 저었다.

"아니, 진짜 맛있어."

나래는 내 취향의 반찬을 내 입맛에 맞도록 간을 맞춰서 상다리가 부러질 정도로 저녁을 차려 왔다. 그리 긴 시간 동안 준비한 것도 아닌데 손이 많이 가는 전이라든가, 나물, 잡채, 산적, 떡갈비 등등. 남들이 보면 무슨 오늘이 명절이라고 착각할 것 같은, 수라상이라고 칭하는 게 어울릴 정도로 으리으리한 진수성찬이다. 하지만 난 그것들을 앞에 두고도 쉽게 수저를 뜨지 못했다.

"성훈아, 성훈아! 나, 저거! 저거 먹고 싶으니라!"

"젓가락질이 힘드느니라. 성훈아, 나는 아~ 할 테니 네가 먹여 주거라."

"고기, 고기를 달란 말이니라. 내가 왜 야채를 먹어야 하느냐?"

"흐냐아~. 이제 더는 못 먹겠느니라~."

랑이가 없는 식사. 그 빈자리가 내게 너무나 크게 다가온다. 하루가 지난 것도 아니고, 단 한 끼의 저녁 식사만으로.

……은근히 나도 외로움을 많이 타는 성격인가.

"……뭐야, 짜증 나게."

상념 속에 젖어 있을 때가 아니구나! 옆에서 들려오는 가라앉은 나래의 목소리에 나는 위기의식이 꿈틀거리는 것을 깨달았다. 하지만 내 생각과는 다르게 나래는 내게 화를 내지 않았다.

"난 일부러 티도 안 내고 말도 안 하고 있는데 네가 그러면 어떻게 해?"

나래 역시 나하고 똑같은 심정이었나 보다. 그래서 일부러 상다리가 부러지게 상을 차린 걸지도 모르겠다. 그 마음을 잠시라도 잊고 싶어서. 그렇게 잠시 눈을 돌리고 싶었던 것을 내가 직시하게 만든 것 같아서 사과를 하려고 했다.

"밥상 앞에서 신파극 찍는 거 아닙니다."

세희의 딴죽만 없었다면 말이야.

"남들이 보면 무슨 사람 하나 죽어 나간 거로 생각할 분위기는 그만 접으시고 밥이나 처먹, 실례, 식사나 하시지요."

맞은편에 앉아 있던 치이와 페이도 심통인 난 것 같다.

"아우우우. 오라버니는 우리들은 안 보이는 거예요. 소중한 동생이라고 한 건 이미 다 까먹고 랑이 님만 챙기고 있는 거예요. 마음은 이해하지만 섭섭한 것도 어쩔 수 없네요."

[우리도 가출해야겠음. 그러면 엉엉 울면서 우리의 소중함을 깨달을 듯.]

하지만 가장 문제는 내 옆에서 내 배를 살살 쓰다듬고 있는 아야였다.

"나, 오늘 왔는데……. 벌써부터 이런 취급이면 나중에는……. 이렇게 될 거 아빠를 죽이고 나도 죽는 게……."

아야야. 너, 눈빛이 너무 탁한 거 아니니. 나는 이 상황을 정리하기 위해서 나름대로의 변명을 꺼냈다.

"든 자리는 몰라도 난 자리는 안다는 말도 있잖아. 만약 너희들도 없었다면 밥도 못 먹었을 거야."

"정 그러시다면 셀카라도 찍어서 SNS에 올리시지요. 나는 오늘도 눈물을 흘린다, 같은 글과 함께 말이죠.”
“그런 건 인생의 낭비다.”
“그 사실을 알고 계시니 다행입니다.”
……세희도 자기 나름대로 신경을 써 준 거라고 생각하자.
“그러면 이제 그만 시간 낭비를 그만두시지요.”
“내가 언제?”
갑자기 돌아온 비난의 화살에 나는 밥 한 숟갈을 크게 떠서 입에 넣었다. 사람이 살기 위해선 먹어야 한다. 지금은 조금 다른 의미인 것 같지만.
어찌어찌 밥을 비운 뒤, 나는 오랜만에 부엌으로 들어갔다. 세희는 저녁을 먹고 난 뒤에 컴퓨터 앞에 앉아서는 헤드셋까지 낀 뒤 애니메이션을 보며 술병을 보란 듯이 흔들어 자신을 건드리지 말라고 시위를 했고 저녁상을 차려 준 나래와 치이에게 뒷정리까지 맡기는 건 못 할 일이라서 말이야. 물론 둘은 자신들이 하겠다고 했지만 내가 사정사정했다. 나도 지금은 뭔가 할 일이 필요하니까.
싱크대 앞에 서는 건 오랜만이지만 지난 세월 동안 쌓아 놓은 경험이 어디로 가는 건 아니라 수세미가 손에 착 달라붙는 기분이 들 정도로 설거지는 순조롭게 끝났다. 그릇에 거품이 남거나 깨지는 일이 없었으니까 순조로운 거 맞지.
너무나 순조로워서 순식간에 할 일이 없어진 나는 박살 났던 방으로 들어갔다. 세희의 일처리야 언제나 완벽하지만 다시금 감탄하게 된다. 예전과 별다를 게 없단 말이지.

……나는 혹시나 하는 생각에 책장의 뒤쪽을 살펴보았다.

음!

정말로 완벽하구나. 좀 모르는 척해 줘도 되는 건데 말이야. 이제 이걸 어디다 숨기나 고민하고 있을 때.

"들어갈게, 바보야."

문이 벌컥 열렸다.

"……키잉? 너 뭐하는 거야?"

손에 들고 있던 어린애들에게 보여 줄 수 없는 책을 잽싸게 치우느라 괴상한 꼴이 되었던 나는 정면을 바라보지 못하고 고개를 돌린 채 헛기침을 하며 관심을 환기시켰다.

"크흠. 아니, 별거 아니야."

[저 어색한 반응. 분명 뭔가 있음.]

나를 알고 지내 온 기간이 아야보다 길어서 그런지 고개를 돌린 내 눈앞에 쓰인 페이의 글은 뭔가 낌새를 챈 느낌이다. 안 좋아. 페이에게 이걸 들키면 정말로 답이 없어진다.

"그보다 무슨……."

이야기를 돌리기 위해 고개를 돌리고서야 나는 알 수 있었다. 페이와 아야의 복장이 뭔가 이상하다는 걸 말이야. 그렇다. 너무나 이상해서 내가 잘못 본 게 아닐까 하는 생각이 들 정도다. 그도 그럴 것이 이 두 녀석이 입고 있는 게 우리나라가 아닌 저 멀고 먼 땅에 있는 정열의 나라에서나 어울릴 법한 옷이었으니까! 아니, 저걸 옷이라고 할 수 있나? 신체에서 드러낼 수 있는 부분은 모두 드러내고 국소 부위만 살짝 가린

저걸? 거기다 저 알록달록한 깃털들은 또 뭐야?! 지금이 무슨 카니발인 줄 아는 거냐?!

"야, 야, 야, 야, 야."

너무 충격적이어서 다른 생각을 못 하겠다. 별의별 일을 다 겪은 나도 지금 눈앞에 보이는 광경에 대해서는 뇌가 이해를 거부하고 있다.

삼바? 어째서 삼바야? 왜 삼바냐? 그거냐? 사실 요괴들은 일 년에 한 번 복장을 다 갖추고 삼바 춤을 추지 않으면 안 되는 운명이라도 타고나는 거야?

오늘 있었던 일 중 어디에 삼바가 튀어나올 구석이 있는데?!

"키히힝~. 날 보고 넋이 나간 것 같네."

[아님. 분명 나 때문임. 성훈은 가슴을 좋아하고 가슴은 내가 더 큼.]

"어, 어른 되면 내가 더 커져, 이 짧새야!"

[나도 어른 되면 더 커짐. 너한테 안 짐.]

크기고 어른이고 다 좋으니까 일단 나가 줬으면 하는 게 내 바람이다.

"네가 보기에는 어때?"

[결정은 네 몫!]

선택을 강요받고 나서야 나는 말문을 열 수 있었다.

"뭐 하는 거야, 이 자식들아아아아아아아!!"

내 앞에 밥상이 있었다면 그걸 멋지게 엎어 버렸을지도 모른다. 내 고함에 아야와 페이가 움찔하더니 한 걸음 뒤로 물러났다. 그 덕분에 나는 볼 수 있었다.

페이와 아야의 화려한 깃털 장식에 가려져 있었던 한 아이를. 그렇다. 페이와 아야 뒤에는 최종 보스인 치이가 있었던 것이다! 치이 역시 페이와 아야 같은 삼바 복장이란 말 하지 않아도 알겠지. 하지만……. 다른 문제가 있다면…….

치이야. 너 왜 그렇게 됐니. 분명히 우리가 서로에 대해 믿고 의지하게 되었을 때는 그런 성격이 아니었잖니. 분명 지금도 세희나 페이의 사주가 있었겠지만, 옛날 같았으면 그런 옷은 입지도 않았을 텐데 지금은 왜 다른 두 녀석보다 노출도가 심한 복장인 거야?! 아무리 부끄러워하고 있다고 한들 그건 아니지!

"꺄, 꺄우우우……."

내 시선을 받은 치이가 잘 익은 홍시처럼 돼서 고개를 푹 숙인다. 그렇게 부끄러우면 하질 말든가!

"키이잉? 얘는 왜 이래?"

나는 네가 더 신기하다! 그런 옷을 입고 당당하게 서 있는 네가! 너, 어른일 때는 몰라도 아이일 때는 그렇지 않잖아?!

[치이, 부끄럼쟁이라 그럼.]

일말의 수치심이라도 있다면 누구라도 부끄러워할 일을 그렇게 단칼에 정의 내리지 마라. 아, 물론 삼바 복장에 대한 폄하는 아니다. 이건 조금 다른 문제니까. 수영장에서 수영복을 입는 것은 부끄러워할 일이 아니지만 서울 한복판 길거리에서 수영복을 입고 다니는 건 부끄러워할 일이잖아? 그렇게 때와 장소, 사회적인 관념에 따라 똑같은 일이라고 해도 평가가 달라지는 거고, 지금 내 눈앞에서 일어나고 있는 일은 그에 비추어 봤을 때 누구라도 부끄러워할 만한 일이다!

이런 생각을 하는 도중에도 나는 자체 삼바 축제 중인 아이들의 대화로 상황을 대략적으로 파악할 수 있었다. 이 사건의 주범은 페이로군. 그리고 아야는 자기가 무슨 짓을 하고 있는지에 대한 자각도 없는 것 같다. 치이? 치이는 알고 있음에도 어떠한 이유 때문에 강행한 게 틀림없다.

자, 그러면 여기서 문제. 지금 제가 혼내야 할 녀석은 누구일까~요?

"이 음란 까마귀 자식아아아아아!!"

나는 정답을 향해 다가가 양쪽 관자놀이에 주먹을 대고 꽉 누른 뒤 빙글빙글 돌렸다.

[아파! 아파아아아!!]

비명을 쓰든 말든 나는 체벌을 멈추지 않았다.

"도대체 순진한 애들을 무슨 말로 속여서 저런 옷을 입게 만든 거야?!"

[안 속임! 다 안 속임! 아야만 속임!]

고통으로 인해 진실을 쓰자 아야가 울음소리를 냈다.

"키이잉? 속여? 뭘 속였다가는 거야?"

[그 전에 놔줘! 잘못했음! 살려 줘! 진짜 아파!!"

글을 쓰다가 육성이 튀어나오는 걸 보니 정말로 한계인 듯하다. 벌은 이 정도면 되겠지. 내가 주먹을 떼자 페이가 제자리에 털썩 주저앉는다. 그 자세가 마치 비극의 여주인공 같아서 스포트라이트를 받으면 어울릴 것 같은 기분이 들었다.

[난, 그냥 선의의 경쟁을 하고 싶었을 뿐인데.]

쓰는 글도 이 모양인 걸 보니 아직 고생을 덜 했나 보다.

"키이잉? 무슨 말? 무슨 말이야? 이, 바보야! 무슨 말인지 빨리 설명해 줘!"

맹한 부분이 있지만 머리가 좋은 아야가 자신이 속았다는 사실을 눈치챈 모양이다. 나는 한숨을 쉬고 마음의 준비를 해둔 다음 아야에게 말했다.

"너, 그 옷 왜 입었냐."

"페이가 지친 사람을 위로할 때는 이런 옷을 입고 하는 게 효과가 좋다고 했어."

"부끄럽다는 생각은 안 들었냐?"

내 지적에 아야는 귀를 만지작거리며 살짝 떨리는 목소리로 말했다.

"조, 조금 부끄럽지만 어차피 너한테 보여 주는 거니까 상관없다고, 이 둔감아! 그리고 원래 위로할 때는 이런 옷을 입는 거라고 해서 괜찮……"

말하는 도중에 깨달았는지 아야의 얼굴이 치이 못지않게 새빨개졌다.

"키이이이이이잉?!"

해석하자면 속았다, 정도가 되려나.

지금 자신이 입고 있는 옷이 수영장의 수영복이 아니라 우정의 무대 위에서의 아이돌 그룹(女)과 같은 상황이라는 것을 인식한 아야의 행동은 내 예상대로였다. 아야는 얼굴이 새빨개진 채로 두 팔로 가슴을 가리고 붉어진 꼬리로 허벅지 사이를 가리……는 건 좋은데, 꼬리의 붉은 정도가 좀 짙다? 내 착각이면 좋겠건만 지금 아지랑이 같은 게 일렁이는 게 이대로 놔두다가는 때 이른 캠프파이어를 벌이게 될 것 같다!

"야, 야!! 꼬리! 꼬리! 불난다고!"

"키이이이이이이이잉!!"

불똥을 튀기는 꼬리를 손가락으로 가리키며 소리쳐도 부끄러움에 이성을 잃은 아야에게는 들리지 않았다! 치이와 페이의 도움이라도 받을 수 있으면 좋겠지만 지금 이 녀석들도 상태 이상: 혼란에 빠져서 그런 건 바랄 수도 없어! 불이라도 나면 세희에게 모된 꾸짖음, 속된 말로 빡 샌 갈굼을 당하게 될 것이 눈에 선한 나는 아야를 들쳐 안고 화장실로 직행했다. 다행히 안에는 아무도 없었고 나는 아야를 욕조 안에 집어넣고 수도꼭지를 급하게 틀었다. 샤워기에서 나온 차가운 물줄기가 이제 막 피어오르기 시작한 여우불을 잡아먹어서 정말 다행이다.

"키이잉?!"

갑자기 찬물을 뒤집어쓴 아야가 제정신을 차린 것은 다행이라고 할 수 있을까. 아야는 자신의 차림과 지금 있는 곳, 내가 짓고 있는 복잡한 표정을 한 번씩 본 후, 고개를 숙이고 주먹을 쥔 채 몸을 부들부들 떨었다. 그 작은 몸에서 다시금 처음 만났을 때의 독기가 스멀스멀 올라와서 나는 나도 모르게 뒤로 반 발자국 물러나게 되었다. 그게 실수였다. 아야가 자신의 목걸이를 잡아 뜯을 줄 알았으면 그러지 않았을 거야.

"이 사기꾼 까마귀, 잡아먹을 거야!!"

잊어버렸을 수도 있겠지만 아야의 가죽 목걸이는 패션 아이템이 아니다. 그건 자신이 아직 감당할 수 없는 힘을 억제하기 위해서 만든 봉인 도구다. 그걸 풀었다는 것은 곧 어른의 모습이 된다는 말이 된다. 그리고 아야가 지금 입고 있는 것은 옷이라고 부르기에도 민망한 천 쪼가리다. 그러면 이 상황에서 어른이 되면 어떻게 될까요? 난 그 답을 알기에 화장실에 있는 수건을 잡아서 잽싸게 아야의 앞을 가렸다.

좋았어! 이것으로 Safe다!

"아까부터 왜 이렇게 시끄……. 성훈아?"

집 안에서 일어난 난리에 놀라 문을 연 나래에게 내 마음이 닿기를 바랄 뿐이다.

닿기는 닿았다. 나래의 주먹이 내 머리에.

"이런 상황에서 너희들은 도대체 뭘 하고 있는 거야?!"

혼자서 소파에 앉아 거만하게 다리를 꼬고 앉아 계신 나래님과 바닥에 무릎 꿇고 앉아 있는 나와 아이들. 물론 보는 이로 하여금 자신의 몸이 의지대로 움직이지 않는다는 것을 체

감할 수 있게 만들어 주는 옷들이 아닌 평상복 차림이다. 아야의 경우에는 날뛰려던 걸 **나래에게 한 번에 제압당해서** 다시 목걸이까지 채여진 후다. 집 안의 구석에서 세희는 얼마 떨어지지 않은 곳에서 일어나고 있는 일에는 전혀 관심이 없는 듯 지금도 모니터를 보며 술을 들이켜고 있다.

뭘 하는지는 모르겠지만 건드리지 말자. 지금은 이쪽의 일이 먼저니까.

"아우우우, 나래 언니."

"왜."

"아, 아닌 거예요."

나래의 찌릿찌릿 시선에 그다지 내성이 없는 치이는 말도 제대로 못 하고 다시금 고개를 숙였다. 후후후, 치이야. 이 오라버니의 위대함을 이제 알겠냐. 나는 나래의 저런 시선에도 할 말은 할 수 있을 정도로 심신이 올곧은 사람이라고.

"저기, 나래야."

나래가 시선으로 말했다.

넌 찌그러져 있어.

"아니……."

"닥쳐."

한 번 버텼으면 잘한 거지. 나까지 고개를 숙이고 입을 다문 채 눈동자를 데굴데굴 굴려서 벌 받는 동지들에게 눈치를 줬다. 너희들이 일으킨 일이니까 어떻게 좀 해 봐!

그리고 그 눈빛을 받은 페이가 입가를 씨익 올리며 무릎 위에 올린 엄지를 살며시 추켜올렸다.

[이건 다 사정이 있음.]

그렇다. 나래의 눈빛을 받고서 말을 할 자신이 없으니까 고개를 숙인 채로 글을 쓰기 시작한 것이다. 이 잔머리 잘 돌아가는 녀석!

"말해 봐."

[그러니까…….]

"그 전에 너희들은 왜 그렇게 죄라도 지은 것처럼 고개를 못 들고 있어? 페이의 말대로 사정이 있어서 그런 거면 떳떳하게 있어도 되잖아. 안 그래?"

그래서 지금 나는 고개를 들고 있다.

……나는 애들이 이상한 짓을 하는데 제대로 된 대처를 하지 못했다는 비교적 가벼운 상황이니까. 하지만 나래야. 애들의 마음도 이해해 줘. 지금 네 기백은 천하를 통일한다 하더라도 사람들이 고개를 끄덕이고도 남을 정도로 패기가 흐른단 말이다. 그런 네 앞에서는 아무리 잘못이 없는 나라고 해도 일단 고개를 숙이고, 랑이였다면 이불 속에 머리를 묻고 엉덩이를 높게 들어 올리고 있을 거다.

그거와는 별개로 지금 나래의 말은 페이가 쓴 사정이라는 게 제대로 된 게 아닐 경우에 너희들 모두 연대 책임으로 더 크게 혼날 거라는 경고이기도 했다. 그래서 그런지 페이의 글씨체가 삐뚤빼뚤해지는 것과 동시에 문맥도 이상해졌다.

[성훈 마음 아픔. 우리 치료. 와아 행복. 떠들썩해서 현실

도피. 같이 자 주는 거로 화룡점정. 내일은 내일의 해가 뜸.]

그래도 해석은 가능하다는 게 다행이지. 나래는 눈을 가늘게 뜨고서 내 쪽으로 시선을 돌렸다. 그 눈빛에는 결국 일이 일어난 것은 내 책임이라는 추궁이 가득 담겨 있었다.

그래. 내 입으로 말하기는 그렇지만 우리 집의 뜨거운 감자가 바로 나다. 어떤 일이 일어나도 그 기원을 찾아 올라가다 보면 강성훈. 내 이름 석 자가 나오고 그 뒤에 '탓' 이라는 글자가 붙어 오기 마련이다. 나는 나래의 눈빛에 비굴한 미소를 지으며 제가 그러려고 그런 게 아니라는 뜻의 웃음소리를 냈다.

"헤헤헤. 나래 님의 선처를 바랄 뿐입니다, 헤헤헤."

"……간신배 같은 거예요."

[내시 같음.]

"믿음 안 가."

혼나는 입장에서 그런 말 할 여유는 있냐.

"하아……."

혼내는 쪽인 나래는 넘치는 것 같지만.

"정말, 안 그래도 몸이……, 아니. 마음은 이해하겠는데, 폐이야."

"응."

나래는 상냥하게 미소 지었다.

"성훈이는 그렇게 약한 아이가 아니니까 걱정 안 해도 돼."

지금까지 겪어 왔던 일들로 인해 나는 여기서 나래의 진심이 들어 있는 부분이 '그렇게 약한 아이가 아니니까' 가 아닌

'걱정 안 해도 돼' 라는 것을 알 수 있었다.

"아우우우……. 그래도 걱정되는 거예요."

나를 걱정해 주는 거에 둘째가라면 서러워하는 치이가 나래에게 반박하며 나섰다.

"오라버니는 너무 무리하고 있는 거예요. 그, 그러니까 조금 부끄러운 옷을 입고 위로해 주고 잠도 같이 자 주기로 한 거예요."

평소에 워낙 페이를 신경 써 줘서 그렇게 안 보일지 모르겠지만 페이는 치이의 말이라면 껌뻑 죽는다. 조금 전의 일은 치이의 동의를 얻었기에 할 수 있었다는 말이지. 부끄러움이 많은 치이가 나를 위해서 말이야. 역시 치이는 강한 아이다…… 같은 현실 도피를 하고 있자니 나래의 목소리가 들려왔다.

"……알았어. 치이까지 그렇게 생각하면 어쩔 수 없네."

옆에서 페이가 쓴 [나랑 다른 취급?!]이라는 글이나 아야가 귀를 쫑긋거리며 한 "키이잉? 나는? 나는 묻지도 않아?" 같은 말을 나래는 가볍게 넘어갔다.

"대신 적당히 해. 내일은 또 무슨 일이 일어날지 모르니까."

……이상하다.

나래의 공식적인 승낙이 떨어졌다는 사실에 기뻐하는 아이들과 달리 나는 뭔가 위화감을 느꼈다. 내가 아무리 지쳐 보여도 나래가 이렇게 쉽게 넘어갈 리가 없는데 말이야. 무엇보다 내 옆구리가 너무 평온하다는 게 그 위화감을 부채질한다.

……그래. 오늘 나래의 모습을 보면 뭔가 이상하긴 했어.

"그러면……."

"나래야."

그렇기에 나는 행동력 넘치는 소꿉친구를 닮기로 했다.

"……왜?"

나래 님의 심기가 불편하신 것 같지만 나도 할 말은 해야겠다.

"잠깐 둘이서 하고 싶은 말이 있는데 잠깐 괜찮을까?"

"꺄우우우?!"

[?!]

"키이잉?!"

……이 녀석들이 왜 이런 반응을 보이는지 이해하는 데 3초 걸렸다.

"그런 거 아니다, 이 자식들아."

"……바랄 걸 바라야지."

넌 왜 실망하는데? 지금 그럴 분위기 아니었잖아?

조금 전의 실망한 모습을 지워 버린 나래의 방에서 나는 의자를 빼며 앉았다. 나래는 자연스럽게 침대에 앉아 다리를 꼬았고 덕분에 므흣한 분위기가…… 전혀 생겨나지 않는다. 그러기에는 나래의 표정이 너무 날카로워.

"왜? 피곤하니까 빨리 말해."

나래도 오늘 하루 고생을 많이 했으니까 피곤할 법하지. 하지만 나는 신경 쓰이는 부분이 따로 있다.

"괜찮아?"
"윽!"
나래가 내가 이런 말을 할 거라고는 상상도 못 했는지 움찔 몸을 떨며 신음성을 흘린다. 슬쩍 찔러본 거였는데 제대로 들어갔구나.
"뭐, 뭐가?"
"아니, 그냥. 어딘가 안 좋아 보여서."
정확히 말하면 카페에서 돌아온 이후 나래가 뭔가 좀 이상해진 것 같았다. 일단 아무리 나를 등에 지고 달렸다고는 하나 바람보다 빨랐던 정미 누나의 뒤를 수월하게 쫓아왔고, 어른이 된 아야를 힘으로 제압하지를 않나, 자신의 입으로도 몸이 안 좋다고 말할 뻔했다. 평소의 나래와는 뭔가 조금 다르다. 그리고 나는 오늘 나래에게 어떤 특별한 일이 일어났는지 알고 있다.
"신 내림 때문이야?"
"……."
나래는 입을 다물고 고개를 숙였다. 내 말이 맞는다는 우회적인 대답. 그 대답과 동시에 웅녀에 대한 분노와 나래에 대한 걱정이 해일처럼 몰려왔다. 그것은 분명 내 표정과 목소리에도 영향이 갔을 게 분명하다.
"내가……."
"아니야."
그렇지 않다면 나래가 딱 잘라 말할 이유가 없으니까.

"네가 생각하는 나쁜 일은 아니니까 걱정할 거 없어. 오히려 좋으면 좋은 거지. 그냥 신 내림을 받아서 조금 몸에 영향이 많이 왔을 뿐이야. 다시 말하지만, 좋은 쪽으로."

나래의 말을 못 믿는 건 아니지만 이런 일에 대해서는 섣불리 그냥 넘어갈 수 없는 게 내 성격이다.

"거짓말 아니지?"

"거짓말 아니야."

"진짜지?"

"진짜라니까."

나는 안도의 한숨을 내쉬었다. 나래가 좋은 일이라고 하면 좋은 일이겠지. 그런데 그 좋은 일이 뭔가 궁금해졌다.

"뭔데 그래?"

"묻지 마."

나래가 선을 그었다. ……이 느낌. 정미 누나와 따로 무슨 이야기를 나눴는지 내가 물어봤을 때와 같다. 나는 본능적으로 이것이 여자의 수치심을 자극할 수 있는 부분이라는 걸 깨닫고 말없이 고개를 끄덕였다. 더 이상 파고들면 내 신체의 안전이 곤란해진다.

"알았어. 그럼 가 볼게."

슬슬 시간도 시간이다.

"잘 자, 나래야."

나는 밤 인사를 건네며 자리에서 일어났다.

"아, 성훈아."

몸을 돌리려다가 멈춰 버린, 엉거주춤한 자세로 뒤를 돌아보자니 나래가 고개를 숙이고 있었다.

"왜?"

"그……."

왜 나래 님께서 손가락을 꼼지락대시는 걸까. 혹시 내 옆구리를 쥐어뜯기 위한 준비 동작인 건가. 내가 나래의 방에서 맞을 짓을 했는가에 대한 분석을 시작하려고 할 때.

"……알아줘서 고마워."

나래가 나를 기쁘게 해 줬다. 나는 입가에 번지는 행복을 어찌하지 못하며 답했다.

"아니, 뭐, 응. 헤헤헤."

"아, 그리고."

또 무슨 말을 할까. 붉게 달아오른 나래의 얼굴을 보고 있자니 나 역시 가슴이 두근두근 뛰기 시작한다. 내 착각이 아니라면.

"그거하고는 별개로, 네가 애들한테 이상한 짓 못 하게 오늘은 나도 같이 잘 거니까 그렇게 알고 이부자리 깔아 둬. 장롱 안에 남는 이불 있지?"

이것은 공포였다. 나는 신경계열의 장애가 일어난 사람처럼 식은땀을 흘리며 말했다.

"그, 그러실 필요는 없는데요. 전 애들하고도 같이 잘 생각이 없으니까요."

아이들의 마음이 고맙기는 하지만 나는 이모네 댁에서 돌아온 이후부터 랑이와 만나기 전까지는 거의 매일을 혼자서 자 왔다. 지금도 혼자서 자는 게 심적으로 더 편한 게 사실이고.

"내가 애들한테 마음대로 하라고 했는데 네가 그럴 거야?"

왜 내 머릿속에서 주도권이라는 단어가 떠오르는 건지 모르겠다. 어쨌든 나래의 마음속에서는 모든 것이 이미 결정된 사항인 것 같기에 나는 그에 대해서 이견을 제시하는 것은 포기했다.

"그런데 준비할 게 뭐 있나?"

다른 의미로 같이 잘 경우에는 준비할 것이 많겠지만.

"성훈아."

아차!

"너, 표정에 생각 다 드러난다고 몇 번이나 말해야 해?"

집에서 쓰면 어색할지 몰라도 선글라스 진짜 사야겠다니까.

잠을 자기 위한 준비, 즉 샤워한 후 방을 청소한 뒤 발견되면 안 될 것들을 좀 더 깊숙한 곳에 숨기고서 이불까지 미리 깔아 놓았는데도 나는 혼자였다. 여자애들은 나이에 관계없이 시간이 많이 필요한가 보다. 이왕 이렇게 여유가 생긴 김에 지금의 상황이나 객관적으로 정리해 보자.

나는 그렇게 머리가 좋지 않아서, 아니, 지금 워낙 사정이 복잡해져서 시간이 났을 때 미리 정리해 두지 않으면 분명 언젠가 실수를 할 테니까. 이미 실수를 했을 수도 있고.

나는 지금까지 벌어지고 있던 일들을 개인의 입장에 따라서 분류해 보기로 했다. 그리고 공책에 적은 것이 다음과 같다.

나	랑이가 왕으로서의 책임을 지지 않도록 하기 위해 다툼도 각오하고 있다. 그걸 위해 웅녀를 설득할 생각이었지만 오히려 제안을 받아 방황하게 된 청소년.
냥이	나와 랑이가 헤어지는 것을 바라고 있지만, 의외로 내가 웅녀를 설득해서 랑이를 왕의 자리에서 내려오게 만드는 것을 기대하고 있을지도 모른다.
웅녀	환웅님의 홍익인간의 이념을 이루기 위해서 혼란을 조절할 사람은 필요하다. 그게 나라도 좋고 호랑이어도 좋다.
랑이	나는 왕이로소이다. 내게 삐쳐 있는 상황. 가출 어린이.

내 머리로 있는 힘껏 노력해서 정리해 본 표다. 이렇게 보니까 정말 별것 아닌 것 같네. 왜 그런 말도 있잖아. 인생이란 가까이서 보면 비극, 멀리서 보면 희극이었던가.

"아~ 모르겠다!"

나는 생각을 그만두고 공책을 옆으로 민 다음에 이불 위에 누워 버렸다. 몰라. 진짜 모르겠다. 그러니까 생각하는 걸 멈추자. 내 머리는 이미 한계다. 휴식을 요구하고 있다고. 배는 부르고 해는 저물어 날은 선선해졌다. 이런 환경에서 잠이 찾아오는 것은 당연한 수순일 것이다.

수순인데 그렇다고 잘 수는 없다는 게 슬프군. 나래하고 아이들이 같이 자러 온다고 했는데 내가 먼저 잠들어 있을 수는 없잖아?

"들어갈게."

……호랑이도 제 말 하면 오는데 곰이라고 다를까.

나래가 문 밖에서 한 말은 질문이 아니라 통보였다. 내가 공책을 치우기도 전에 방문을 열고 들어온 나래는 파자마 차림에 베개를 들고 있었다.

머릿속에서 강성훈 1호와 2호와 3호가 환호성을 지르며 폭죽을 터트리고 노래를 부르면서 내 입으로는 말 못 할 춤을 추기 시작했지만 이내 강성훈 4호에서 100호까지의 압도적인 폭력으로 인해 병원에 실려 갔다. 내가 지금 무슨 말을 하고 있는지 모르겠다면 간단하게 설명하겠다.

나는 지금 헛된 망상을 했다가 자체적인 검열을 했다.

"이상한 생각 좀 그만해."

나래가 그다지 화난 것 같지 않은 표정으로 힐난했다. 이제는 포기한 거겠지. 나는 일어나 앉으며 일부러 뒤통수를 긁적이면서 말했다.

"질풍노도의 시기라서요."

"말은 잘해요."

나래는 내 조그마한 방을 둘러보며 말했다.

"애들은 아직 안 왔나 봐?"

"응. 네가 제일 빨리 왔어."

"넌 어디서 잘 거야?"

방 안에는 이부자리가 다섯 개가 연달아 깔려 있다. 그중에서 내가 쓰던 건 가장 구석에 붙어 있는 거였고 나는 손가락으로 그걸 가리켰다.

"저기."

왜 그렇게 한심하다는 듯이 바라보는지 모르겠다. 나는 나름대로 머리를 써서 신체적 접촉이 가장 드물 수 있는 곳을 골랐는데 말이야.

"잘도 애들이 널 거기 재우겠다."

"그 부분은 어떻게든 넘어갈 생각입니다아야야야야얏!!"

나래에게 애교 어린 표정을 지으며 엄지를 추켜올렸다가 그대로 잡혀 바깥쪽으로 꺾여 버렸다.

"가끔 널 보면 일부러 나한테 혼나고 싶어서 그러는 게 아닐까 의심이 들어."

나는 괴롭힘당하는 것에서 성적인 쾌락을 얻는 취향을 가지고 있지 않다. 그랬다면 차라리 나았겠지.

"가운데서 자."

"예."

나래 님의 명이 떨어지셨기에 나는 내 이불을 챙기려고 했다. 그런 내 뒤에서 나래의 한심하다는 듯한 목소리가 들려왔다.

"너 뭐해?"

"응?"

이불을 든 채로 엉거주춤한 자세로 뒤를 돌아보니까 내 귀가 제 역할을 다하고 있다는 확신이 들었다.

"이불 바꾸려고."

한심해하는 표정의 레벨이 올랐다.

"왜?"

"왜긴."

내가 쓰던 이불이니까 다른 애들이 거기서 잘 경우에 이상한 냄새라도 난다고 말하면 한창 자라나는 나이의 남자아이에게 너무나 큰, 마음의 상처를 줄 수 있기 때문이지. 의외로 남자애들이 냄새 난다는 말에 상처를 많이 받고 나 같은 경우에는 랑이 때문에 그 경우가 심한 편이다. 하지만 이걸 나래에게 막상 설명하려고 하니까 입이 잘 떨어지지가 않는다. 그래서 나는 나래를 믿고 간단하게 말하기로 했다.

"내 이불이니까."

"**아무도** 신경 안 쓸 테니까 그냥 놔둬. 헛수고하지 말고."

나는 일단 이불을 내려놓고 그 위에 털썩 앉으며 말했다.

"아니, 그래도……. 만약에 네가 여기서 자면 좀 그렇잖아."

나래는 코웃음 치며 말했다.

"내가 왜 거기서 자? 난 당연히 네 옆에서 잘 건데."

나래의 상상도 못 한 대답에 얼굴이 붉어지고 말았다. 물론 그런 뜻으로 말한 게 아니겠지만 말이라는 건 듣는 사람이 어떻게 받아들이느냐에 따라 뜻이 정해지는 경우가 많은 법이다. 그래서 지금은 나래의 말실수라고 할 수 있겠지. 하지만 그 사실을 지적 못 하는 나는 얼굴만 붉힌 채 나래에게 눈치를 줬다.

그 말, 위험합니다.

그제야 나래도 자신의 잘못을 깨닫고는 베개로 얼굴을 가렸다. 위험도가 올랐네요. 제 이성에 적신호가 들어오고 있어요.

귀엽잖아, 젠장!

"아, 아니. 그게 아니라."

나래는 그 누구보다 날 잘 알고 있다.

"네가 생각하는 그런 거 아니니까 야, 야한 생각 좀 그만해, 진짜! 무슨 일만 있으면 다 그런 쪽으로만 생각하고!"

"노력은 해 보겠습니다."

"할 거라는 말이잖아."

"그야, 뭐……."

나는 말을 흐리며, 그럼에도 확실하게 말했다.

"좋아하는 여자애가 그런 말을 하면 생각이 안 들 리가 없잖아."

말을 마치는 순간 나래의 베개가 정확히 내 얼굴에 날아왔다.

"그, 그런 말 하면 부끄럽지도 않아?"

이 정도로 부끄러워하기에는 지금까지 내가 해 왔던 말들이 너무나 막 나간다. 나는 베개를 옆으로 내려놓고 아직까지 서 있는 나래에게 말했다.

"일단 앉는 게 좋지 않을까?"

나래는 내 말에 고개를 끄덕이고서는 조심스럽게 내 옆에 앉았다. 딱 달라붙지도 않고 너무 멀리 떨어진 것도 아닌 거리가 지금 우리의 관계를 말해 주는 상징 같은 게 아닐까.

그렇다.

지금은 밤이다. 달의 마력은 평소에도 무뚝뚝한 사내라 할지라도 담배를 입에 물고서,

"바람이…… 울고 있군. 이런 밤에는 여인의 온기가 그리워지곤 하지."

같은 말을 하게 만들어도 이상할 게 없어!

젠장, 긴장해서 생각이 폭주하잖아. 뭐지? 도대체 뭐냐고?! 이부자리 위에 단둘이 앉아 있는 상황이니까 조금 전에 묵사발이 되었던 1호 2호 3호가 다시 기어오르려고 하잖아! 왜 다른 아이들은 안 오는 거냐고? 이게 도대체 무슨 상황이냐고?

"쿡."

나래가 웃는 상황입니다. 나는 고개를 돌렸고 나래가 키득키득 웃는 모습을 볼 수 있었다. 지금 웃음이 나오십니까.

"왜?"

내 질문에 나래는 웃음을 그치고서는 말했다.

"네가 긴장하는 게 너무 눈에 밟혀서."

……눈치 안 채면 이상하긴 하지만.

"그러면 너도 긴장해야 하는 거 아니야?"

"내가 왜?"

밤이 지나면 낮이 온다는 사실을 말하는 것 같은 나래의 태도에 나는 고개를 끄덕였다. 그렇다. 나래가 긴장할 이유는 어디에도 없다.

"사실대로 말하면 네가 너무 긴장해서 내 긴장이 풀린 거지만. 아이들도 좀 있으면 올 거고."

나래의 부연 설명에 나도 마음이 좀 놓이는 기분이 들어서 농담할 여유가 생겼다.

"그러면 날 위해서 긴장 좀 해 줘."

"그랬으면 좋겠어?"

나는 고개를 저었다.

"그럴 리가요."

그런다고 내 긴장이 풀릴 리가 없잖아. 나는 나래가 평소와 같은 모습을 보여 주는 게 가장 마음이 놓일걸. 지금처럼 말이야.

"그런데 그거 뭐야?"

아차. 까먹고 있었다.

나래가 관심을 보인 건 내가 생각을 정리한다고 쓴 공책이었다. 아까 옆으로 치운 다음에 지금까지 신경을 못 쓰고 있었어. 나래가 내용을 확인하려고 손을 뻗는 동시에 잽싸게 확보를 하긴 했는데…….

나래의 상냥해 보이는 미소에 자진 납세를 하게 되었다. 흥,

하고 공책을 받은 나래는 거기에 적혀 있는 걸 읽어 본 뒤, 나를 보고는 깊은 한숨을 쉬었다.

"이럴 때는 그냥 푹 자고 내일 생각하는 게 좋아. 아무리 생각해도 답이 안 나오니까."

꼭 자신의 경험담을 말하는 것 같아서 나는 궁금해졌다.

"이런 적 있었어?"

언론 탄압의 나라답게 질문 하나 했다고 옆구리를 꼬집혔다.

"그걸 몰라서 물어?"

"모릅니다."

"하아……."

나래가 한숨을 쉬고는 말을 이었다.

"너, 나, 랑이, 지리산. 됐어, 이 멍청아?"

그것만으로 충분했다.

"……미안."

"사과할 거 없어."

옆구리가 더욱 아파졌다.

"사과 할 거 없다면서요오옷!!"

"잊어버린 게 괘씸해서."

말은 그렇게 했지만 진심은 아닌지 나래는 금방 손을 떼 줬다.

"일단 그건 이 일들이 끝나면 제대로 한판 벌일 거고."

무섭다. 농담이 아니라 눈이 번쩍하고 빛났어. 아무리 그래도 나래의 등 뒤로 거대한 불곰이 포효를 하는 환영이 보이는 건 기분 탓이겠지?

"지금은 일단……."

나래가 갑자기 자리에서 일어났다. 무슨 일이냐고 물어보려는데 나래가 검지를 들어 입가에 대서 날 조용하게 만든 다음에 소리를 죽인 채로 방문 앞으로 걸어가 손잡이를 확 당겼다.

"꺄우우우?!"

[?!?!??!?!]

"키이이잉?!"

동시에 도청 중이었던 잠옷 입은 아이들 세트 메뉴가 자기들끼리 엉키며 배달되었다. 나래의 분노를 한 번 겪어 보았기에 아이들이 입은 잠옷은 상당히 평범한 것이었다. 치이는 치마가 짧고 속이 살짝 비치는 하얀색 A라인 원피스를 잠옷으로 입고 있었다. 아래로 살짝 줄무늬 팬티의 파란 부분이 보이기는 하지만 그렇게 신경이 쓰이지는 않을 정도라 꽤나 예뻐 보인다. 어딘가의 아가씨 같은 느낌이랄까? 그에 비해 아야는 하얀색 호박바지에 분홍색 셔츠를 입었다. 셔츠에 그려져 있는 여우 그림 때문인지, 어린아이 느낌이 물씬 풍겨서 평소보다 귀엽게 보인다.

하지만 문제는 폐이였다. 예전에 폐이가 입었던 잠옷하고 디자인은 똑같지만 그때보다 속이 더 비쳐 보인다는 게 문제일까. 오늘 입은 잠옷은 가슴의 밑부분까지 속이 보이는 게 나래의 진노를 사기 딱 좋아 보인다. 그런데 말이다. 나는 마음속 깊은 곳에서 슬픔이 솟구쳐 올랐다. 어째서 나래의 잠옷이 가장 노출도가 낮은 거냐. 내가 나 자신에게 충실하면서도 남들이 보기에는 한심한 생각을 하는 동안 나래는 치이와 페이와 아야를 내려다보다 한숨을 쉬었다.

"요술 쓰고 몰래 엿듣고 있으면 내가 모를 줄 알았어?"

[어떻게 된 거? 자신 있다면서?]

"나, 난 제대로 했어! 내 탓 아니야, 이 무능력자들아!"

"까우우우! 지금 그런 말 할 상황인 건가요?"

"키이잉! 저 음란 까마귀가 내 탓이라잖아!"

"자신 있다고 한 건 아야가 맞잖아요?"

"난 제대로 썼다고 했잖아, 이 내숭쟁이야!"

……야 이 녀석들아. 지금 화가 난 나래를 앞에 두고 자기들끼리 싸울 때야?

"얘들아."

나래의 차갑게 식은 한 마디에 아이들의 눈 돌아가는 속도가 예술이다.

"지금 할 말은 그게 아니지 않을까?"

일어나는 속도도. 치이와 페이와 아야는 일어나자마자 허리를 꾸벅 숙이며 나래에게 사과했다.

"잘못한 거예요!"

[잘못한 거!]

"잘못했어!"

아이들의 일사불란한 사과에 나래는 화가 풀린 것 같다. 하긴 나 같아도 풀리겠다. 저렇게 귀여운 아이들인데.

"그런데 왜 그랬어?"

나래의 질문에 대답한 건 페이였다.

[知彼知己百戰百勝]

한자로. 어, 그러니까 내가 읽을 수 있는 건 지, 뭐시기, 지기백, 거시기, 백, 저시기다. 저걸 뭐라고 읽어야 하는 거야? 그런데 왜 나래는 범 무서운 줄 모르는 하룻강아지를 보는 표정을 지으며 팔짱을 끼고 치이는 사색이 되어서 글을 연기로 되돌려 버리며 페이는 아야에게 머리를 맞은 걸까.

"아우우우, 오해인 거예요!"

[아픔! 왜 때림?!]

"맞을 짓을 했잖아, 이 멍청아!"

아이들이 들어온 것만으로도 순식간에 완전히 난리가 났다. 그런데 이런 상황이 싫지만은 않으니 나도 참 많이 달라진 것 같다.

그래.

이건 좋은 소란이다. 지켜보든, 직접 겪든, 사람의 마음을 따듯하게 채워 주는 삶의 행복 충전소다. 그래서 나는 웃음이 나왔다.

"지금 웃음이 나와?"

나래의 매서운 반응에 금방 사라지긴 했지만.

"응."

이 상황을 수습하기 위한 내 말은 효과를 발휘했다. 분위기는 이상할지 몰라도 수습은 되었으니까. 왜 그렇게 나를 이상하다는 듯이 보는 거지? 그 가운데에서 나래는 이마에 손을 올리며 한탄 어린 목소리로 말했다.

"하긴, 저 바보가 한자를 알 리가 없지."

그런 취급은 너무하다. 내가 이래 봬도 숫자는 한자로 쓸 수 있다고.

一 二 三 四 五 六 七 八 九 十

이것 외에는 초등학생 저학년 수준의 한자만 알지만.

"……오라버니."

그러니까 묻지 마라. 폐이가 쓴 건 중학생 수준의 한자라고 생각하니까.

"폐이가 쓴 거……. 못 읽은 건가요?"

무식은 죄가 아니다. 하지만 거짓말은 죄다. 그렇기에 나는 갑자기 간지러워진 볼을 긁으며 대답했다.

"응."

왜 이렇게 싸한 분위기가 된 거냐. 한자 좀 못 읽을 수도 있지!

"괜찮아요, 오라버니. 제가 가르쳐 드릴게요."

마음은 고마운데 지금까지 한자를 잘 모른다고 사는 데 불편함을 느낀 적은 없었으니까 괜찮다, 치이야.

[바보다. 바보가 여기 있다.]

너한테 듣고 싶은 말은 아니다!

"……나, 이런 바보를 아빠로 둔 거야?"

왜 그렇게 심각하게 고민하는 건데?

"화낼 기운도 안 나네."

나래는 한숨을 쉬고 나를 무시하며 아이들에게 말했다.
"그만 잘까? 아, 그런데 폐이야. 넌, 잠옷이 왜 그래?"
조금 늦었지만 관심을 가져 줘서 다행이다. 나는 내가 이상한 줄 알았어. 폐이는 나래의 지적에 치이의 어깨를 잡고서 프랜드 실드를 치며 글을 썼다.
[치이도 만만치 않음.]
"꺄우우우? 저, 저는 아무 문제없는 거예요!"
나래가 판단은 내가 한다는 듯 팔짱을 끼고 치이를 위아래로 찬찬히 훑어보았다. 이럴 때는 내 성별이 남자라는 것이 슬프다. 내가 저랬다가는 변태, 로리콘, 인간쓰레기, 인간 말종 같은 이야기를 들을 테니까. 그렇다고 같은 남자의 잠옷 차림을 찬찬히 훑어보면…….
기분이 나빠진다. 그런 끔찍한 생각은 그만하자. 나래는 치이가 있는 힘껏 잠옷을 내려 끌어 팬티를 가리면서 가슴골을 드러내는 오십보백보 수준의 행동을 하며 바들바들 떨기 시작할 때쯤 고개를 끄덕였다.
"그 정도면 괜찮아. 귀여운 수준이니까."
치이가 가슴에 손을 올리고 안도의 한숨을 쉬는 것과 반대로 폐이는 양 갈래 머리를 빙빙 돌리며 항의했다.
[그러면 나도 괜찮은 거 아님? 나도 치이하고 비슷한 옷!]
"넌 너무 비쳐 보여. 다른 거로 갈아입고 와."
[폭거! 탄압! 항쟁하겠음!]
글이 써지는 순간 나래가 몸을 앞으로 숙이고서는 폐이의

양 갈래 머리카락을 덥석 잡고서 얼굴을 마주 보았다. 덕분에 나는 나래가 무슨 표정을 짓고 있는지 알 수 없었지만 페이의 얼굴이 새파랗게 질리는 걸 보면 보지 않아도 될 것 같다.

아니, 안 본 게 다행이야.

"갈아입고 올 거지?"

페이는 말 대신 고개를 연달아 끄덕이고서는 기계처럼 끼기각 몸을 돌리고서 손과 발을 같이 내딛으며 방에서 나갔다. 그 모습을 보며 아야가 기세등등한 표정을 지으며 코웃음을 쳤다.

"키히힝~."

"넌 또 왜 그러냐."

"저 음란 까마귀 바보가 나한테 그런 잠옷 입고 갈 거냐고, 몰라도 너무 모른다고 했거든."

……그거야 페이가 다른 애들하고는 다른 시선으로 날 보고 있으니까 쓸 수 있는 글이지.

"키히힝~ 꼴좋다."

기뻐하는 아야를 보자니 다른 말은 못 해 주겠고 그냥 동의해 주자.

"그래. 아야 같은 잠옷이 어린애답고 예뻐서 좋은데 말이야."

나는 제대로 칭찬했다고 생각한다. 그런데 왜 아야의 미소가 사라진 걸까.

"왜 그래?"

"……지금 그걸 칭찬이라고 한 거야?"

아야가 왜 그런 말을 하는지는 알고 있지만 나는 말을 돌릴 생각으로 이불 속으로 들어가며 말했다.

"그보다 일단 자리 잡자. 불은 페이가 들어오면서 꺼 주겠지."

나래는 자신의 선언대로 내 왼쪽 자리에 들어가서 누웠다. 음. 옆으로 봐도 봉긋이 솟아오른 이불이 참……. 누워 있는데도 저 정도의 볼륨감이라니. 역시 나래다. 이런 생각을 하는 동안에 이불 한쪽이 슬쩍 열리고서 나래의 손이 이쪽으로 들어왔다. 손만 잡고 잘게 같은 거라면 얼마나 좋겠냐만, 나래가 잡으려고 한 건 내 옆구리였다.

"성훈아."

"시정하겠습니다."

뱀이 다시 자신의 굴속으로 돌아가는 것 같은 모습을 보고 나서야 나는 고개를 반대편으로 돌릴 수 있었다. 거기에는 아야가 이미 이불 속에 들어가 있었다. 치이는 그 옆에서 이러지도 저러지도 못하고 안절부절못하며 어딘가 부러워하는 눈으로 아야를 보고 있다. ……요즘에는 많이 성격이 변하기는 했지만 치이는 부끄럼이 많지. 망설이다가 아야에게 선수를 빼앗긴 것 같다. 그에 비해 아야는, 후훗.

"……키이잉? 뭐야?"

"뭐가?"

"왜 그렇게 날 흐뭇한 표정으로 보는 거야?"

별다른 이유가 있을까. 내가 책임져야 할 아이가 나를 이렇게 잘 따라 주니까 기쁠 수밖에 없잖아? 거기다 아야는 알게 모르게 어리광이 심한 게, 마치 주인님의 손길을 은근히 바라는 고양이 같아서 귀여울 때가 많단 말이야. 지금처럼 말이지.

"……이상한 생각 했지?"

그런 부분은 나래를 닮아 가는 거냐.

나는 손을 이불에서 빼서 아야의 머리를 쓱쓱 만져 주며 말했다.

"그런 거 아니야. 그냥 좋아서 그렇다."

"키이잉?!"

아야의 얼굴이 새빨개져서 이불을 두 손으로 잡아끌어 코끝까지 가린다. 뭘 그렇게 부끄러워하는지 모르겠네. 이대로는 아야가 잠도 못 자든가 이불이 불타든가 할 것 같으니 신경을 돌려주자.

"그런데 머리는 안 풀어도 돼?"

아야는 머리카락이 아이들 중에서 가장 길어서 뒤에서 한 번 묶은 다음에도 다리까지 닿을 정도다. 풀지도 않고 자면 불편할 것 같아서 한 말인데 아야는 눈웃음을 치며 말했다.

"키히힝~. 이 무식아. 이래 봬도 난 대요괴 급이란 말이야. 아무 문제없도록 요술로 잘 해 놨어."

VIVA 요술. 요술이 세상에 퍼지면 분명 지금보다 몇 배는 안락한 삶을 살 수 있을 게 분명하다. 또 하나 분명한 건 내 의도가 잘 통했다는 것. 이제 남은 문제는 아직도 자신의 현실을 받아들이지 못하고 서 있는 치이겠지. 귀 위 머리카락을 파닥이며 작은 목소리로, 아우, 아우우우거리는 걸 보면 뭔가 하고 싶은 이야기가 있는 것 같다. 그러면 내가 말을 걸어 줘야 할까? 그런 생각을 하고 있는데 문이 덜컥 열렸다.

[Here comes new challenger.]

오락실에서 자주 보는 글을 쓰며 들어온 페이는 아까와 같은 디자인이지만 확실히 얌전해진 잠옷을 입고 있었다. 그래도 애들이 입기에는 조금 어른스러운 디자인이라 나래가 허락을 해 줄까 싶어서 슬쩍 눈치를 보니 크게 문제는 없는 것 같다.

[응? 치이, 뭐함?]

페이가 들어와서 가장 먼저 관심을 가진 건 자신이 들고 있는 인형과 꼭 닮은 치이였다.

"아우우우……. 별거 아닌 거예요."

페이는 치이의 대답에 고개를 갸우뚱거리며 글을 썼다.

[?? 별거 아닌 게 아닌 것 같음.]

"아, 아무것도 아니……."

[알았음!]

치이의 귀 위 머리카락이 붕 뜬 다음에 내려올 생각을 하지 않았다.

[나하고 같이 잘 자리가 없어서 그런 거임!]

……어, 그러니까, 음.

[괜찮음! 이불 하나에서 같이 자도 그렇게 안 좁음! 난 오히

려 좋음!]

오답을 낸 폐이가 기세등등해서는, [불 끔.] 내가 부탁하기도 전에 불을 끄고서는 어둠 속에서 치이에게 다가갔다.

"꺄우우우?"

어두워서 연기로 쓴 글은 안 보이지만 폐이가 치이의 손을 잡고 이불 속에 들어가는 건 볼 수 있었다.

"폐, 폐이는 상관없는 건가요?"

치이의 목소리가 들리고 나서 잠시 후 다시금 치이의 목소리가 들렸다.

"그, 그런 방법이!"

둘이 무슨 대화를 나눴는지는 모르겠다. 하지만 그런 일에 신경 쓰기에 나는 너무나 지쳤다. 거기다 오른쪽에서 은근슬쩍 내 쪽으로 다가와 체온을 나눠 주는 아야가 수면 유도제 역할을 해 줘서 벌써부터 의식이 멀리 날아가려고 한다.

"잘 자."

나는 마지막 힘을 짜내서 인사를 건넨 뒤, 그 대답을 듣는 것과 동시에 잠에 들었다.

두 번째 이야기

스스로 인지하지 못하는 정신적인 피곤에도 몸은 답을 알고 있다는 듯이 평소와는 다른 반응을 보여 주곤 한다. 뇌의 활성화가 제대로 일어나지 않는다든가, 몸이 이상하게 저리다든가, 누가 탁 치니 억 하고 죽는다거나 하면서. 그런데 심적으로 피곤하다는 것을 자각하고, 난 이제 쉴 거야, 날 건들지 말라고 생각하면 몸은 어떤 반응을 보일까.

……각설하면, 푹 잤다는 거다. 어느 정도로 푹 잤냐면 내 몸에 치이가 올라타서 껴안고 있고 페이와 아야가 내 양팔을 끌어안고 있는 상태로도.

……여기는 무슨 감옥인가요. 움직일 수가 없어요. 일어날 수도 없고요.

문제는 내가 지금 막 일어났기 때문에 이미 다른 식으로 일어나 있다는 것이다. 내가 잘 때 덮고 잤던 이불은 도대체 어디로 갔는지 몰라서 이걸 숨길 수도 없는 노릇이라는 것도 상황의 악화를 불렀다. 또한 남자라면 알겠지만 이게 자의로 숙일 수 없다는 것도 문제다. 숙일 수 있는 건 고개 정도일까. 나는 내 가슴에 얼굴을 묻고 눈을 감은 채 새근새근 푹 잠든 치이를 내려다보았다. 정말, 어린아이들의 자는 모습은 반칙이라니까. 완전 천사다. 날 저 세상으로 데려가려 하는 천사라는 게 문제지.

살려 줘.

이 꼴을 나래가 보면 무슨 일이 일어날지 모른다고. 치이야, 다 좋은데 자면서 오라버니~♡ 하고 열기 어린 목소리로 부르지 마라. 몸을 꼼지락거리지 마. 특히 허리 아래. 허리 아래는 움직이지 마라. 제발. 허벅지 움직이지 마! 비비지 말라고!

마지막으로 지금은 절대로 깨지 말아 줘.

내 바람이 하늘에 닿은 것 같다.

"……키잉?"

치이가 아닌 아야가 깼으니까. 아야는 잠에서 덜 깼는지 자리에 일어나 앉아 흐릿한 눈을 비볐다. 그리고 멍한 눈으로 내 쪽을 보고서 고개를 흔들었다. 미안하지만 아야야. 네가 지금 잘못 보고 있는 게 아닐 거다.

"뭐, 뭐하는 거야, 이 불량 아빠야!!"

귀를 쫑긋 세우고서는 눈을 치켜뜨며 화를 내도 나는 어색한 미소를 지으며 말하는 것밖에 방법이 없었다.

"자, 잘 잤어?"

"오랜만에 푹 잔 것…… 같은 게 문제가 아니잖아!"

"쉬잇, 다른 애들은 아직 자니까 조용히 해."

길길이 날뛰려는 아야의 입을 자유로워진 손으로 막았다. 하지만 아야는 랑이가 아닌지라 이내 몸을 뒤로 빼며 다시금 자유를 되찾았다.

"지금 조용하게 생겼어? 왜 다른 애들이…… 키이잉!! 생각해 보니 열 받네?"

화가 난 아야가 실력 행사에 나섰다. 자리에서 벌떡 일어나더니 치이를 발로 강하게 민 것이다.

"까우우우?"

아야에게 데굴데굴 밀려 떨어진 치이가 잠에서 깼다. 자신의 가장 소중한 친구에게 눌려진 페이는 그러거나 말거나 여전히 꿈나라를 여행 중이지만. 치이가 몸 위에서 내려와서 가까스로 몸의 자유를 되찾은 나는 재빠르게 몸을 일으켜 세운 다음 저 아래에 널브러져 있던 이불을 잡아 하반신 위에 덮었다. 휴. 이것으로 안심이다. 마음의 안정이 와서 좀 더 시아를 넓게 쓸 수 있게 된 나는 나래가 이미 자리에 없다는 것도 알 수 있었다.

잠깐만. 그러면 나래가 내 꼴을 보고도 그냥 지나갔다는 거야? 어째서?

아니, 잠깐. 그럴 수도 있다. 상냥함의 다른 이름이 바로 서나래니까. 곤하게 잠들어 있는 나를 깨우는 건 좀 미안했을지도 모른다. 그리고 내가 잠에서 깬 뒤에, 카이사르의 것은 카이사르에게 자신의 주먹은 강성훈에게 돌려주기로 결정했을 수도 있다.

"무, 무슨 일인 건가요, 오라버니?"

나도 너에게 묻고 싶다. 가장 구석에서 잠들었던 네가 왜 내 위에서 자고 있게 되었는지. 그렇지만 나보다 먼저 그 질문을 한 아이가 있었다.

"이 내숭 밝힘 새대가리야! 네가 뭔데 우리 아빠 위에서 자고 있어?!"

잘하면 오늘 까치 한 마리 잡겠다는 듯 서슬 어린 아야의 목소리에 치이가 재빨리 내 등 뒤로 숨은 것을 보아 잠이 완전하게 깬 것 같다.

"제가 잠버릇이 조금 심한 거예요."

그야말로 믿을 수 없는 변명이로구나. 치이를 친동생처럼 예뻐하는 나도 이런데 적의에 불타고 있는 아야라고 다를까. 아니, 실제로 불타고 있구나.

"야, 야! 너 꼬리의 불!!"

아야의 꼬리에서 나온 여우불은 예전의 자신의 집을 불태웠던 그것보다 확연히 커져 있었다. 이야, 몸이 나아져서 불도 커졌구나. 몸이 좋아진 건 참 좋은 일인데 왜 이렇게 그 사실을 순수하게 기뻐할 수 없는 상황이 자주 오는 건지 모르겠다.

"키, 키이잉?!"

아야도 깜짝 놀라서는 전과 같은 일을 벌이지 않겠다는 듯 급하게 불을 사라지게 만들었다. 아야가 자신의 꼬리를 앞쪽으로 돌려서 후, 하고 부는 것으로 연기까지 없애고 나서야 우리들은 안심할 수 있었다.

"큰일 날 뻔했던 거예요."

"누구 때문인지 알고는 있는 거야, 이 날치기범아?!"

"아우우우? 불을 낸 건 아야인 거예요."

"키이이이잉! 내 신경 건드린 건 너란 말이야!"

……안 그래도 신경 쓸 일 많은데 관두자. 왜, 그런 말도 있잖아. 아이들은 싸우면서 자란다. 싸울 만큼 사이가 좋다. 나는 페이를 본받기로 했다.

"오라버니는 왜 다시 눕는 건가요?!"

"바보야! 지금 뭐 하는 거야?!"

"5분 뒤에 깨워 줘."

나도 아침잠이 좀 많거든.

"일어나는 거예요!"

"이 바보 아빠야!"

정말 싸울 만큼 사이가 좋은 것 같다, 이 녀석들은.

치이와 아야에 의해 억지로 일어나게 된 나는 아침부터 기운 좋게 투닥이는 둘을 놔두고 머리를 긁적이며 거실로 나왔다. 나를 맞이해 준 것은 술 냄새와 밥 냄새가 섞여 오묘해진 거실의 공기였다. 나는 먼저 첫 번째 냄새의 주범을 찾았다. 세희는 내가 자러 갔을 때와 다를 바 없이 소파에 앉아 이제는 곽으로 세는 것이 좋을 것 같은 술병을 아크로바틱한 모양

새로 쌓아 놓고 눈을 감고 있었다.

"……자냐?"

"정신 집중 중이었습니다."

자는 게 아니라니 오히려 걱정이 된다.

"도대체 뭘 하기에 술은 이렇게 마시고……."

눈 밑이 검은 게 밤을 샌 것 같다. 세희는 워낙 피부가 하얀 편이니 그런 티가 확 난다. 지금처럼 말이야.

"잠도 안 잤냐?"

"별것 아닙니다. 사실……."

"네가 그렇게 말할 때는 보통 내가 상상도 못 할 만한 일을 벌인다는 거 알고 있으니까 사실대로 말해."

"……안 그래도 그럴 생각이었습니다. 재촉하지 않으셨다면 이미 말씀드렸을지도 모르죠."

세희가 바라는 대로 입을 닥쳐 주고서야 이야기를 들을 수 있었다.

"잠꾸러기 지인에게 부탁하는 김에, 주인님께서 움직이신 것으로 자기 나름대로 행동하기 시작한 대요괴들을 통제하고 있었습니다."

봐. 상상도 못 할 일이지.

"너 혼자서?"

"사실 전 세계에서 만여 명의 여동생이 제 명령을 따르고 있습니다. 일명 세희 네트워크라 불리지요."

세상의 종말을 일으킬 생각이냐.

"농담하지 말고. 너, 계속 여기 있던 거 아니었어?"

세희는 대답 대신 손을 들어 올렸다. 그러자 예전에 몇 번이나 본 세희를 본뜬 인형이 부엌에서 이쪽으로 걸어오더니 손에 들고 있던 술병을 세희에게 넘겼다.

세희는 병뚜껑을 따더니 그대로 나발을 불고서 입가를 훔쳤다.

"따로 설명이 필요하십니까?"

"아니."

이 녀석이 연락했다는 지인이 궁금하긴 하지만 지금 묻지 않는 게 좋겠다. 피곤해 보이니까 나중에 하자.

"다행입니다. 밤을 샌 데다가 **나래 님을 통해** 이야기까지 했더니 슬슬 남을 배려해 드리는 것에 한계가 왔으니까요. 잠시 혼자 있고 싶습니다. 다들 나가 주시지요."

난 세희가 누구와 이야기 했는지 묻지 않아도 알 수 있었다. 그러면 피곤할만 하지. 집주인을 쫓아내려고 하는 건 이해 안 되지만.

"쉬고 싶으면 들어가서 잠깐이라도 자."

세희가 눈썹을 슬쩍 꿈틀거리며 나를 보았다.

"술에 취한 규중처녀가 잠든 사이에 무슨 짓을 하시려는 겁니까."

"걱정 마. 그럴 만한 배짱도 없는 녀석이니까."

어느새 부엌에서 나온 나래가 한 말이다. 앞치마를 하고 있는 모습이 이곳에 세희만 없다면 새댁으로 보일 정도로 매력

적이라 살짝 가슴이 뛰었다. 왜, 그, 다른 아이들이 앞치마를 했을 때와는 비교도 할 수 없을 정도로 굴곡이 생겼기 때문일지도 모르지.

"성훈아. 일어났으면 죗값을 받아야지?"

사람을 오래 알고 지내면 그 사람이 무슨 생각을 하는지 어렴풋이 알 수 있게 되는 법이지만 그렇다고 해서 내 불길한 상상이 맞아떨어지기를 바랐던 건 아니었다.

"나래 님. 부디 자비를 베풀어 주시지요. 제가 어찌 할 수 없는 일이었는데 죗값을 받아야 한다는 건 너무나 억울한 일입니다."

"문제 제공자가 그런 말 하면 변명밖에 안 되는 거 알지?"

"변명이라니요, 전 단지 나래 님의 자비를 바라기에 하는 말일 뿐입니다요."

나래가 피식 웃었다.

"알았어. 그리고 그런 말투는 적당히 해. 너무 비굴해 보이니까."

사람이 일단 살고 봐야 비굴하고 아니고를 따지는 거다.

"응."

그리고 나는 이제 살 만해졌고.

"알았으면 씻고 밥 먹을 준비나 해."

나래의 핀잔에 나는 대답 대신 고개를 끄덕이고 화장실을 향해 발을 뗐다. 그런 내 뒤로 나래와 세희가 주고받는 이야기가 들렸다. 나는 몰래 걸음을 멈추고 둘의 이야기를 엿들었다.

"너 말이야. 직녀성 때보다는 나아 보이기는 한데, 그래도 좀 자 두는 게 좋지 않겠어?"

"지방 집합체, 실례, 나래 님의 걱정을 다 받다니……. 치욕이로군요."

"농담할 기분 아니야. 생각도 없고. 랑이하고 애들도 없는데 네가 여차할 때 도움이 안 되면 곤란한 건 나라서 그래."

"츤데레, 실례, 흉헤롱다운 염려. 잘 먹었습니다. 그보다 신내림을 다시……."

"잠깐만."

아차, 들켰다.

"강성훈! 씻으러 빨리 안 가?! 뭘 엿듣고 있어!"

나는 뒤도 안 돌아보고 화장실로 들어갔다.

시원하게 샤워를 하고 나오자 눈도 제대로 못 뜨고 치이의 손에 이끌려 화장실로 들어가는 페이와 마주쳤다.

"씻게?"

"그런 거예요."

집에 화장실이 하나밖에 없으니까 불편하긴 하구나. 나중에 시간 나면 세희에게 부탁해서 증축을 하든가 해야지. 이런 사고 자체가 많이 틀려먹었다는 것을 자각하며 나는 서 있는 채로 꾸벅꾸벅 조는 페이의 머리를 쓰다듬어 주며 말했다.

"고생 많네."

물론 이건 치이를 보며 한 말이다. 친구를 보살피는 그 마음

씨가 너무 예쁘잖아? 그런데 왜 그렇게 뚱한 표정을 짓는지 잘 모르겠다. 페이는 기분 좋아 보이는데.

"왜 그래?"

"모르면 된 거예요."

치이가 쌀쌀맞게 대답하고는 페이의 손을 거칠게 잡아끌고서 화장실로 들어갔다. 여자애들의 마음은 이해하기 힘들지.

거실에는 좀 전의 술판이 깔끔하게 정리되어 있었고 밥상이 차려져 있었다. 대충 상황을 보니까 나래가 힘 좀 쓴 것 같다. 랑이가 없는 아침을 먹고 나는 나래가 타 준 냉유자차를 마시며 사정상 잠시 미루어 두었던 일에 대해 생각해 보았다.

웅녀의 제안. 나를 왕의 자리에 세워 주겠다는 제안 말이다. 지금처럼 시간이 남았을 때 웅녀의 제안을 따를 때의 장단점을 생각해 보자.

장점이라고 한다면, 가장 먼저 냥이를 설득해서 랑이를 강제로 왕의 자리에서 내려오게 만들 수 있다는 것이 아닐까. 냥이 역시 랑이가 평범하게 살았으면 하는 바람이 있다. 지금 상황이 그것을 불가능하게 만들기 때문에 넘어가고 있지만 내가 인간들의 왕이 되어 인간과 요괴가 공존하여 살 수 있는 세상을 만들겠다고 한다면, 분명히 기분 나빠 하면서도 랑이를 위해 내 손을 들어줄 거다.

그러면 랑이는 더 이상 왕의 자리에 있지 않을 수 있다.

그렇다면 단점은 무엇일까.

내 생각만 한다면 더 이상 평범한 삶을 살 수 없게 된다는 것이 가장 큰 문제일 것이다. 예전에 세희가 했던 말이 떠오른다.

"안주인님께서 행복해지시기 위해서 무엇인가를 희생해야 할 날이 올지도 모릅니다. 그것은 그리 먼 날이 아닐 수도 있습니다. 주인님. 그 날, 부디 안주인님의 행복을 위해 다른 것을 내칠 수 있는 강한 사내가 되시기 바랍니다."

그건 지금 같은 때를 상정해 두고 했던 말이 아니었을까. 평범한 삶을 포기할 각오를 해 두라는 말이 아니었을까.

인간과 요괴. 요괴와 인간이 조화를 이루는 세상을 여는 시대의 중심에 내가 있게 된다는 거다. 그로 인해 내게 무슨 일이 벌어질지는 난 짐작도 할 수 없다. 혹시라도, 아니, 아마도 지금보다 더한 소동이나 사고에 휘말리겠지. 주위에서 나를 도와준다 해도 정말 괜찮을까? 내가 해낼 수 있을까?

그런 막연한 두려움은 일단 뒤로하자. 지금은 걱정보다 생각을 할 때니까. 그러면 바라보는 시점을 달리했을 때 어떤 문제가 있을 수 있을까에 대해서도 생각해 보자.

음. 역시 세희가 한 말이 마음에 걸린다. 랑이는 스스로의 생각 끝에 자신이 왕으로 있어야 하며, 왕의 책무를 다해야 한다고 주장했다. 그걸 내 마음대로 이래라저래라 해도 되는 걸까. 지금의 랑이는 더 이상 어린아이도 아닌데?

그런 연유에서 내가 왕이 되고, 냥이가 나를 도와준다 해도 랑이가 요괴들의 버팀목이 될 수 있는 왕의 자리에서 내려올 거라는 보장도 할 수 없다. 그건 어디까지나 가능성이다. 랑이가 스스로 원하지 않는다면 내가 한 모든 일이 수포로 돌아갈 경우의 수도 분명히 존재한다.

내가 왕이 된 상태로 랑이 또한 왕으로서 있는, 남들 좋은 일만 시키는 일이 일어날 수 있다고.

어디까지나 가능성. 확실하지 않은 일에 모든 게 잘될 거라는 낙천적인 기대로 웅녀의 제안을 받아들여도 되는 걸까? 지금까지 살아오면서 일이 잘 풀린 적이 얼마나 있다고? 내가 왕이 된다 해도 결국 랑이를 설득하지 못하면 아무런 의미도 없는 거잖아?

결국 웅녀가 제시한 제안이라는 것조차, 랑이의 마음을 움직이지 못한다면 내 발목을 자르는 일밖에 안 된다는 사실을 깨닫자 유자차의 단맛이 희석되었다. 단 걸 먹으면 기분이 좋아진다는데 나는 왜 지금 이렇게 답답한 걸까. 나래의 말이 맞았다. 결국 난 랑이를 설득할 생각부터 해야만 했어. 다시금 나래에게 제대로 된 상담을 해 봐야 하는 걸까?

"……."

나래가 내 옆에 앉아 아무 말도 없이 커피만 마시고 있는 것도 그걸 기다리고 있는 거겠지. 그렇다면 일단 말이라도 꺼내보자.

그리고 휴대폰이 울렸다.

[Dies irae, dies illa]

벨소리가 클래식의 문외한인 나도 알고 있는 진노의 날이라는 곡이다. 난 이런 곡을 벨소리로 저장한 기억이 없는데 말이지. 거기다 요 한 달간, 나는 전화가 올 때마다 내게 좋지 않은 소식이 들려오게 된다는 것을 반복 학습을 통해 깨닫게 되었다. 무소식이 희소식이라는 소리가 괜히 있는 게 아니라니까.

"안 받아?"

"받아야지."

나는 폰을 주머니에 꺼내며 화면에 뜬 발신자의 이름을 읽었다.

어머니.

내 몸의 반응 속도가 생각하는 속도를 뛰어넘었다.

"예, 어머니."

그런데 왜 전화를 받았는데 귓가에서 음악 소리가 멈추지 않고 들려오는 것일까.

[전화 받는 데 시간이 좀 걸렸네, 아들~? 혹시 받을까 말까 고민한 건 아니지?]

"아닙니다."

거짓말은 아니지.
"그보다 무슨 일이세요?"
집안 꼴이 이 꼴인데 어머니께서 오셨다가는 내가 죽어 나갈지도 모르는 일이라 두근두근하는 마음을 있는 힘껏 감추며 한 말에.
[랑이가 가출했다며?]
곡이 절정에 달하는 것과 동시에 어머니께서 내게 사형 선고를 내리셨다. 등 뒤로 땀이 줄줄 흐르고 손이 덜덜 떨리며 이가 딱딱 부딪치는 이유는 무엇일까.
"성훈아? 왜 그래?"
나래가 보기에도 내 모습이 그리 좋은 꼴은 아닌 것 같다.
[대답은 멀었니?]
"아, 아닙니다!"
[아니긴 뭐가 아니야? 이미 소문이 퍼졌더라. 랑이가 우리 아들하고 헤어질 각오까지 하고 나왔다고.]
어머니의 목소리가 싸늘하다. 화가 많이 나신 것 같다.
난 죽었다.
[아들.]
"예."
[엄마는 슬퍼요.]
왜 슬프다는 말씀을 하시는데 그 목소리에서 용암이 분출하기 직전의 휴화산이 연상되는 걸까요.
[난 할머니로 만들지 말라고 했지 싸워서 내쫓으라는 말은

아니었는데……. 혹시 내 말을 오해해서 들었니?]

"그럴 리가 있겠습니까?!"

[그러면 왜 랑이가 집을 나갔니?]

나는 지금까지 있었던 일을 어떻게 하면 내 생명 유지에 도움이 되도록 설명할 수 있을지에 대해 고민했다.

[물론 엄마는 아들의 사정을 알고 있어요.]

내가 하는 고민은 보통 쓸모가 없다는 사실을 다시 한번 증명하는 꼴이 되었다.

[그런데 그거 아니? 엄마가 아빠 때문에 화가 많이 난 경우는 있어도……. 집을 나간 적은 없다는 걸?—우하하하하핫! 내가 처신을 잘하긴 했지!—]

차가운 어머니의 목소리 뒤로 아버지의 거만한 웃음소리가 들린다. 그 웃음소리가 비명으로 바뀌는 데에는 그리 오랜 시간이 걸리지 않았다.

[아들.]

비명 소리를 배경으로 삼아 따스한 목소리로 말씀하시니 그 갭이 너무나 커서 그 아들놈이 당황하고 있습니다, 어머니.

"예."

[엄마는 우리 아들을 믿는단다. 누가 뭐래도 내 아들인걸.—내 아들이기도 쿠엑!—……조금 불안해졌지만. 아버지는 할 때는 하는 사람이었어.—왜 과거형이야아아아악!—그래서 지금까지 큰 간섭 안 하고 믿고 있었던 건데…….]

어머니께서 말씀하셨다.

[도와줄까?]

"아니요."

나는 즉답했다. 어머니의 도움을 받으면 분명히 이 일도 수월하게 끝날 거라는 믿음이 있다. 하지만 그래서는 안 된다는 생각이 든다. 내가 찬물 더운물 가릴 때냐는 소리를 들을지 몰라도 이건 나와 랑이의 일이다.

랑이는 내 아내다.

내가 책임져야 할 내 아내다. 그런데 제대로 된 노력도 하지 않고 어머니에게 손을 빌리고 싶지 않다. 웃긴 이야기겠지만, 남자의 자존심이 용납 못 한다.

[그러니?]

어머니의 음색에 어딘가 만족한 기분이 느껴지는 걸 봐서 내가 제대로 대답을 한 것 같다.

[그래도 네 선에서 힘들 것 같으면 언제든지 말하렴. 엄마는 아들이 도와달라고 하면 언제든지 달려갈 테니까. 대가는 있을 테지만.]

그 대가라는 게 너무나 신경이 쓰입니다.

[아, 맞다. 잠깐만 기다리렴. 아빠도 할 말이 있대.]

받고 싶지 않다는 말을 하고 싶었지만 그러는 것 자체가 어머니께 귀찮게 받아들여질 수 있기에 나는 알겠다고 대답했다.

[여어, 아들.]

내가 할 말은 아니지만, 여어라니…….

"왜요?"

[너, 인마. 아버지에 대한 존경심이 너무 없는 거 아니냐? 엄마한테는 안 그러면서 왜 나한테만 그래?]

"그걸 몰라서 물으시는 건 아니겠죠."

[이야기의 흐름을 원만하게 하려고 그런 거다.]

누가 소설가 아니랄까 봐 소설 쓰고 계시는군요.

"그래서 뭔데요? 통화는 짧고 굵게 하죠."

[음, 그런가?]

아버지가 헛웃음을 터트리는 소리가 들린다. 지금 자기 웃음소리를 깨끗하게 들으라고 전화를 바꿔 달라 한 건 아니겠지. 아버지 같은 괴짜는 정말로 그럴 수가 있으니 방심할 수가 없다.

[뭐, 별건 아니다.]

제가 싫어하는 말 Best Ten 안에 들어가죠.

[랑이라는 애가 가출한 걸 보니까 너도 그냥 네가 하고 싶은 걸 눈치 보지 말고 하라는 말이 하고 싶었거든.]

"아버지."

나는 진지하게 물었다.

"뭐 잘못 드셨어요?"

[…….]

"……."

[야.]

"예."

[아버지가 아들에게 충고해 주는 게 그렇게 이상하냐?]

"저한테는 그렇습니다."

[……내가 그동안 해 온 것들이 있으니 할 말이 없구나.]

"할 말이 없으시면 슬슬 휴대폰이 뜨거워지고 있으니까 끊어 주셨으면 합니다."

[아직 말 안 끝났다.]

"칫."

나는 일부러 혀를 찼지만 아버지는 신경을 쓰지 않고 말을 이었다.

[알고 있겠지만 나는 내가 하고 싶은 걸 하기 위해서 세희에게 널 팔아 치웠다.]

알고 있다.

[것뿐만 아니라 내 소중한 동생의 곁도 떠났고 첫사랑-호오. -아니, 잠깐. 여보, 지금 중요한 이야기 중이니까, -기다려 드릴게요. -응. 어쨌든 내가 누릴 수 있는 왕 같은 생활도 포기했지. 단지 글이 쓰고 싶다는 이유 하나만으로.]

실수하셨네요.

[난 그렇게 살아왔다. 그래서 네가 자기가 하고 싶은 걸 이것저것 주위 신경 쓰느라 하지 못하게 자랐을 수도 있어. ……뭐, 이것도 세희 녀석의 부탁이긴 했지만.]

"그래서요?"

[그런데 넌 내 아들이라는 거지.]

“제가 어찌 할 수 없는 가장 큰 인생의 실수…….”

[우리 아들, 진짜 그렇게 생각하니?]

“……가 아니라고 생각합니다.”

어머니의 목소리에 혀가 재빠르게 움직여 줘서 다행이다. 다행히도 그 뒤로 들려온 목소리는 아버지의 것이었다.

[네가 어떻게 자라 왔든, 교육받고 훈련받았든, 피는 못 속인다. 본성은 못 속여.]

아버지께서 말씀하셨다.

[슬슬 앞뒤 보지 않고 날뛰고 싶어졌을 거다. 일이 이 지경까지 왔으니까.]

나는 아무 말도 할 수 없었다. 생각도 하지 못했던 말이니까.

[아들아.]

“왜요.”

[안 봐도 뻔한데 일단 물어보마. 너, 지금까지 계속 주위의 사정에 휘말리지 않았냐?]

“아버지께서 저한테 하실 말씀이 아닙니다.”

[이제 그런 거 짜증 나지 않냐?]

“아버지께서 하실 말씀이 아니라고요. 그리고 왜 그렇게 생각하시는데요.”

[내가 네 꼴이었거든. 난 그게 싫어서 집 나갔다.]

아이구, 좋으셨겠습니다. 덕분에 제가 잘 살고 있습니다.

“그래서요?”

[아버지가 허락한다. 너도 네 맘대로 해라. 다른 생각하지

말고 일단 저질러 버려.]

나는 휴대폰을 귀에서 뗀 후 하늘을 올려다보았다. 자연스럽게 한숨이 나온다.

"그런 아버지 때문에 제가 이 고생을 하고 살아왔는데, 저도 아버지하고 똑같은 짓을 하라고요?"

[그러면 계속 참고 살려고? 아들아, 잊지 마라. 지금이 기회야. 이런 상황에서도 네가 참으면 주위의 모든 것이 너를 이용해 먹으려고 할 거다.]

"전 지킬 게 있어요. 그렇게 맘대로 할 수 없습니다."

내 소중한 랑이를 지키기 위해서 나는 그렇게 할 수 없다.

[그래? 그러면 어쩔 수 없고. 그러면 나야 좋지.]

"예?"

[어차피 네가 살다 갈 인생인데 내가 뭐라고 하는 것도 좀 그렇잖아. 그럼 잘 있어라.]

"잠깐만요! 거기서 발을 빼는 겁니까아아아아!!! 아버지! 아버지이이이이!!"

내 외침에 돌아오는 대답은 통화 단절음이었다. 짜증이 일어난 나는 폰을 잡아 던지려다가 아직도 약정이 몇 개월은 남아 있다는 사실을 깨닫고 분을 참으며 주머니에 집어넣었다. 그런 나를 보며 나래가 조심스럽게 물어보았다.

"왜 그래?"

"……별거 아니야. 그냥 어머니께서 랑이가 가출한 것 때문에 걱정이 되셨나 봐."

아버지에 대한 이야기는 쏙 빼고 말했지만 나만큼이나 우리 아버지에 대해 잘 아는 나래다. 그래서 별문제는 없을 거라고 생각했는데 나래의 표정이 이상하다. 뭔가 석연치 않은 부분이 있는 것 같다.

“왜 그래?”

“아니, 조금 이상해서. 어머님은 그 사실을 어떻게 아신 거지?”

나는 생각도 못 한 사실에 말이 툭 튀어나왔다.

“그러게?”

전화를 걸어 볼까? 아니, 조금 전에 응원을 받고서 다시 전화를 걸어서 물어보는 건 조금 그렇지 않나?

“물어봐.”

나래는 그렇게 생각하지 않는 것 같다. 나는 조심스럽게 전화를 걸었고, 통화는 바로 끊겼으며, 문자가 날아왔다.

[긴장 안 한 남편 잡느라 바쁘단다. 무슨 일이니.]

지금 어머니의 심기를 건드렸다가는 의사 선생님이 내 심장을 건드려야 될 것 같기에 나는 조심스럽게 나래에게 문자를 보여 줬다. 나래는 나를 보고는 한숨을 쉬고는 자기 폰을 꺼내며 말했다.

“내가 보낼게.”

그 행동력과 용기가 부럽습니다. 나래가 휴대폰을 만지작거

린 지 얼마 지나지 않아서 진동이 울렸다. 고개를 숙여 문자를 확인한 나래는,

"에?!"

내가 깜짝 놀랄 만큼 얼빠진 소리를 냈다.

"왜, 왜 그래?"

나래는 내게 대답하지 않고 TV를 켰다. 갑자기 웬 TV? 그런 내 생각을 말로 전하기도 전. TV에서 나오는 영상이 내 시선을 잡아끌었다.

"헐?"

랑이가 TV에 나오고 있다. 텔레비전에 내가 나왔으면 정말 좋겠다는 소리가 아니라 진짜로 나왔다고. 랑이는 예전에 입었었던 근엄해 보이는 한복을 입고서 야외에서 버너를 쓸 때 주위에 두루는 바람막이 같은 황금빛 병풍을 뒤로한 채 용상 위에 거만하게 앉아서 정면을 바라보고 있었다. 발치에 있는 강아지는 바둑이겠지. 화면의 밑에는 [자신을 요괴의 왕이라 주장하는 소녀, 전 세계를 경악에 빠뜨려.]라는 헤드라인이 보였다. 눈을 비비고 다시 봐도 자막은 그대로였다. 내 눈이 잘못된 게 아니구나. 아니, 오히려 제 역할을 다하고 있는 눈이 새로운 정보를 뇌에 보내왔다. 카메라를 잡는 각도가 뭔가 이상하다고 생각했는데 랑이가 있는 곳은 허공이었다. 말도 안 되지만 랑이는 허공에 떠 있는 단상 같은 곳에서 용상 위에 앉아 있는 것이었다. 그것과 땅을 연결해 주는 것은 마치 유리로 만든 듯 투명한 나선 계단뿐.

……도대체 이게 무슨 일이야.

[듣거라.]

TV 속의 랑이가 근엄하게, 하지만 어딘가 무심한 듯한 표정으로 입을 열었다.

[짐은 너희 인간들이 이야기 속의 존재라 여기고 있던 요괴들의 왕이니라. 짐은, 짐의 백성들이 고통받는 것을 더 이상 좌시하지 않겠느니라. 그러기 위해 짐은 모든 요괴들을 통솔하여 요괴들을 위한 나라를 세울 것을 너희 인간들에게 고하느니라. 이것은 그 누구도 막을 수 없는 짐의 뜻이니라. 그렇다 하나 짐은 너희 인간들과 분쟁을 일으킬 생각은 없느니라. 짐이 이 자리에 선 것은 단 하나. 너희 인간들에게 요괴들의 왕국이 건국되었음을 선포하기 위함이니라.]

화면은 다시 변해 스튜디오 안에서 아나운서들이 뭔가 이야기를 하기 시작했지만 90년대에 나온 3D 게임 속의 캐릭터처럼 되어 버린 채 한동안 굳어 있던 나는 그것들이 귀에 들어오지 않았다. 지금 랑이가 무슨 말을 한 거지?

TV를 통해서 전 세계에 요괴가 존재함을 인증하고 스스로 왕을 자처한 거야? 거기다 왕국을 만들었다고?

"넋 놓고 있을 때야?!"

"아야야야야!!"

정신의 혼란은 육체의 고통으로 잊을 수가 있구나. 나는 얼얼한 옆구리를 매만지며 나래에게 말했다.

"저, 저게 뭐래요?"

"나도 몰라."

TV에서는 현재 남산의 상황이라는 자막과 함께 헬리콥터에서 촬영하고 있는 모습이 나오고 있었다. 남산 타워가 장난감으로 보일 정도로 거대한 흑호가 나선 계단 앞을 지키고 있고 하늘의 용상에 앉아 있는 랑이의 모습은 마치 영화의 한 장면과 같았지만 그 옆에 떠 있는 생방송이라는 단어가 내 정신을…….

아니, 이게 도대체 무슨 일이냐고.

"어머님께서도 저걸 보고 전화하신 것 같아."

이런 식으로 수수께끼가 풀리는 건 사양하겠습니다. 그리고 랑이가 냥이를 따라간 뒤 어떤 결정을 했는지 역시 알고 싶지 않았습니다.

하지만 알게 되었다.

랑이가 가출한 뒤, 자기 자신이 왕의 책임을 짊어지고, 나와 떨어져 지내는 것까지 각오하고서 인간과 요괴가 공존할 수 있는 세상을 스스로 열 것을 결심한 것을 말이야.

그래.

랑이가 의도한 바로 일이 잘 풀려 나가서 새로운 세상이 열리면 우리도 같이 지내게 될 수 있겠지. 그 생각에 그 자리에 선 것은 이해한다.

하지만 랑이야.

넌 그래도 괜찮은 거냐?

내 옆에 네가 없어도, 네 옆에 내가 없어도 괜찮은 거야?

그렇지 않다.

클로즈업되어 비친 랑이의 표정이 다른 사람에게는 근엄하고 각오에 차 보일지 모르겠지만, 나에게는 지금 당장이라도 울고 싶어 하는 어린아이처럼 보였으니까.

어른의 모습이 되었다고 해서 내가 모를 줄 알았냐?

그런데도 랑이는 저기에 있다.

마치 성의 누나가 그리 했던 것처럼.

"헤에~."

그렇구나~. 랑이는 지금 나하고 떨어져 지내는 걸 감수할 정도로 요괴들을 소중하게 생각하는구나~. 헤에~. 그래. 그만큼 요괴 애들이 소중하다 이거지?

질투 난다.

지금 나보다 소중한 게 있다는 거지?

아니면 네가 그렇게 해도 나는 기다려 줄 거라는 믿음이 있는 거야? 그래서 가출을 한 주제에 나한테 한 마디 말도 없이 TV에 나와서 왕 노릇 하겠다고 선언하고 있는 거냐?

알아. 알고 있다.

이게 어린아이 같은 생각이라는 거. 상황을 살펴보았을 때, 랑이에게 있어서는 이 방법이 가장 좋아 보였을 수도 있다.

하지만 그건 그거, 이건 이거다.

그렇게 내가 인정을 한다고 해서 내 서운한 감정과 치솟아 오르는 분노가 사라지는 건 아니라고.

젠장! 가출한 다음에 제멋대로 일을 벌이고, 성훈이라면 이런 나도 사랑해 주겠지, 기다려 줄 거야, 나를 존중해 주겠지, 뭐 이런 생각 하고 있는 거지, 너?!

이건 비겁하잖아! 너무 치사하다고! 나는 어떻게든 좋게 좋게 잘 풀어 나가려고 안 좋은 머리로 고생하고 있는데, 넌 일단 저지르고 보는 거냐?

우리가 떨어져 지내게 되는 일을, 혼자서, 네 멋대로, 네 생각만으로 정해 버리는 거냐고?!

생각하면 생각할수록 화가 치밀어 오른다. 자기감정에 취해 화를 내는 건 좋지 않지만, 지금 나는 그것을 말릴 수 있을 정도로 이성적인 생각조차 할 수가 없다.

머리에 열이 올랐다는 거죠.

이렇게 화가 난 건 아마도 세희에게 화냈을 때 이후 처음이 아닐까.

"야, 세희 깨워."

나래에게 명령조의 말을 할 수 있는 용기가 있었다는 사실에 놀라면서, 나는 내 방으로 들어갔다. TV에 나오게 될 텐데 이 모양 이 꼴로 나갈 수는 없으니까.

아버지. 아버지께서 옳은 말씀을 하셨으니 내일은 아마 해가 서쪽에서 뜰 겁니다.

"쉬는 시간에 자는 학생도 저보다는 오래 잘 수 있을 겁니다."

아직 피로가 덜 풀린 모습인 세희에게 미안하다는 말을 하고 싶었지만 그럴 상황이 아니기에 나는 대답 대신 TV를 가리켰다. TV로 시선을 돌린 세희는 잠시 눈을 깜빡이더니 박수를 쳤다.

"역시나 저의 주인님. 제가 모셔야 하실 분이 저기 있군요."

"감탄할 때냐?!"

참고로 치이와 폐이와 아야는 저걸 본 다음에 나와 같은 반응을 보여 주었다.

"두 분의 주인님들께서 각자 용단을 내리셨는데 이보다 기쁜 일이 어디 있겠습니까?"

세희에게 평범한 반응을 바란 내가 바보지.

"지금 농담이 나와?"

나래는 조금 다르겠지만.

"농담이라니요."

세희는 미소 지었다.

"도련님과 떨어져 지내야 할 것을 알면서도, 도련님이 화를 낼 것을 알면서도 자신의 뜻을 정하신 겁니다. 마치, 도련님처럼 말이죠."

내가 화가 났다는 걸 알고 있다는 말이지.

"이 일로 도련님께서 주인님의 기분을 이해하실 수 있게 되어서 다행입니다."

내가 욱해서 한 마디 하려고 하는데 내 생각을 읽은 것처럼 나래가 먼저 입을 열었다.

"그렇게 말하는 걸 보니까 잠이 덜 깼나 봐?"

"알면서 왜 물어보십니까."

세희가 보란 듯이 하품을 하며 입을 가렸다.

"지금 그게 문제가 아니잖아."

"나래 님의 말씀대로 지금 신경 쓸 것은 그런 것이 아니긴 합니다."

지금 그걸 네가 말하냐?!

"그래서 이제 어쩌실 겁니까."

어제와 오늘. 아니, 요 한 달간 저런 취지의 질문을 몇 번이나 들었는지 이제는 기억조차 나지 않는다. 그리고 난 저 질문을 들을 때마다 최대한 마찰 없이 잘 풀어 나갈 수 있을 법한 방법을 찾기 위해서 고민했다.

고민했는데…….

지금은 무리다.

그것이 가능했던 전제 조건 자체가 사라져 버렸으니까.

봐봐.

열심히 노력했는데 현실은 시궁창이잖아? 이 모양이 이 꼴이라고. 남들이 짜 놓은 판 위에서 행동해 봤자 그놈들이 원하는 방향으로 이끌릴 수밖에 없어. 랑이는 열심히 한다고 하는 거겠지만 결국 남에게 이용당하는 것뿐이다. 그러면 이제 그만해야지.

몇 번이나 말하지만 나는 질풍노도의 시기를 보내고 있는 청소년이고 이성보다는 감정을 중시하며 살아가는 놈이다.

이제야 웅녀의 제안을 들었을 때 짜증이 났던 이유를 알 것 같다. 마음에 안 들었던 거야. 높은 곳에 서서 나를 제멋대로 이용해 먹으려던 게 싫었던 거다.

아버지 말대로 지금까지 쌓이고 쌓인 것이 폭발할 때가 왔다는 징조였다.

세상이 나를 엿 먹이려고 하고 실제로 계속 엿 먹었는데 호구처럼 엿만 먹고 있을 수는 없잖아? 같이 엿 먹어 보자.

판을 엎어 버리자.

미래의 나에게는 미안하지만, 이해해 줄 거라고 믿고 있다. 이해 못 해도 어쩔 건데? 자려고 누웠다가 이불을 발로 걷어차고 머리를 벽에 박으면서 이상한 신음을 흘리면서 죽자, 죽어, 라고 말하는 것 정도가 한계잖아?

하자.

나는 결정했다. 모두가 바라지 않는 방법을 떠올리자 거짓말같이 생각이 샘솟아 오른다.

원래 만드는 건 어렵지만 부수는 건 쉽잖아? 내가 고민할 건 부수는 방법을 고르는 것 정도다. 이 녀석들이 무엇을 원하는지는 이미 알고 있으니까, 그걸 역으로 생각만 하면 되는 일이니까.

상당히 재미있어질 것 같다. 뭘까, 이건. 불안하고 걱정되면서도 마음 깊숙한 곳에서 희열이 일어난다. 그건 지금까지 내가 느껴 보지 못했던…….

해방감과 같았다.

"……성훈아?"

"……도련님?"

나래와 세희의 걱정 어린 목소리에 정신이 들었다.

"응?"

왜 그렇게 날 이상한 눈으로 보는데?

"아니, 뭔가 표정이……."

"사악하게 웃고 계셨습니다."

"……사악한 정도가 아니었던 거예요."

[사악이라는 단어가 부족함. 황혼보다 깊고 어두웠음.]

"키이잉……. 왜 그렇게 무, 무섭게 웃어, 이 불량 아……아빠 맞지?"

……왜 그렇게 날 무슨 괴물 보듯이 보냐.

"그것보다 가자. 집 나간 호랑이 자식을 데려와야지. 아, 그리고 세희야. 넌 조금 있다가 나하고 이야기 좀 하자."

"알겠습니다, 도련님."

"방법은 생각해 놨나 봐?"

나래가 물어 왔지만 나는 미소로 대답해 주었다. 그 미소를 보고 나래는 깊은 한숨을 쉬었다.

"저기, 성훈아. 너 지금 화가 너무 많이 난 것 같은데 조금 시간을 가지고 천천히 생각하는 게 좋을 것 같아."

나래의 제안에 세희가 답했다.

"저하고 다른 생각이시군요, 나래 님. 이왕 일이 이렇게 된 거 도련님께 맡겨 보는 것도 나쁘지 않을 것 같습니다만."

"넌 가만히 있어. 성훈이가 저렇게 화낼 때는 분명 나중에 후회할 일을 한단 말이야. 그때도 그랬고!"

나래가 말하는 그때가, 나와 나래의 성격을 바꾸어 놓았던 일을 이야기한다는 것을 알고 있지만 내 생각은 변하지 않았다. 그런 내 생각이 얼굴에 드러났는지 세희는 힐끔 나를 곁눈질하고는 나래에게 말했다.

"젊어서 고생은 사서도 한답니다. 또한, 인생에 풍파가 없다면 무슨 재미로 살아간단 말입니까."

"이미 충분하거든? 그리고 넌 또 왜 갑자기 성훈이 편을 들고 그래?"

"무슨 말씀이십니까? 저는 언제나 도련님의 편이었습니다."

나래와 세희의 말다툼이 쉽게 끝날 것 같지가 않다. 나래의 마음은 이해하고 평소라면 받아들이겠지만, 지금은 그렇게 하고 싶지 않다.

"괜찮아, 나래야. 나도 생각이 있으니까."

"아우우우……. 믿음이 안 가는 말씀을 하시는 거예요."

옆에서 불안한 듯 귀 위 머리카락을 파닥이며 나를 올려다보는 치이의 머리를 흐트러뜨리듯 쓰다듬어 주며 나는 말했다.

"말은 그렇게 하면서 넌 누구보다 날 믿고 있잖아."

"누, 누가 그런다는 건가요?!"

팔을 바동거리며 부정해 보지만 어딘가 기쁜 기색이 없잖아 있다.

[치이, 다단계 잘 걸릴 상.]

"페이도 그런 말 하지 말고 오라버니한테 뭐라고 하는 거예요! 지금의 오라버니는 뭔가 느낌이 이상하단 말이에요."

그렇게 지금 내 분위기가 이상한가? 나는 고개를 돌려 페이를 보았다. 페이는 내 시선에 똑바로 마주 보며 상큼한 미소와 함께 엄지를 추켜올렸다.

[Go!]

그리고 그 자세 그대로 치이에게 허리를 잡힌 채로 등배뒤집기를 당하고 말았다.

[으아아아아~!!]

"말리라고 했지 누가 부추기라 했던 건가요!!"

[이런 때 말리면 호감도 하락! 난 호감도 필요해!]

"그러니까 게임 좀 적당히 하란 소리가 나오는 거예요!"

[게임은 종합 예술! 우습게 보면 안 됨!]

"지금 그런 이야기 하는 게 아니잖아요!"

서로 투닥투닥거리는 두 녀석은 잠시 뒤로하고 나는 마지막으로 아야를 보았다. 뭐 하고 싶은 말이 있는 게 아닐까 해서였는데, 아야는 킁, 소리를 내고서는 고개를 휙 돌리며 말했다.

"난 일 잘못돼서 그 밥보가 안 와도 괜찮아. 너만 있으면 되니까."

그것참 어떻게 받아들여야 할지 모르겠네. 나는 보란 듯이 어깨를 으쓱하며 다시 나래를 보았다. 나래는 팔짱을 끼고 아랫입술을 깨물고서 나를 노려보고 있었다. 나는 그 시선을 마주했다. 시선을 주고받는 것만으로도 말로는 하지 못할 많은 대화를 나눈 느낌이 들었다.

"후우……."

그 끝에 나래는 한숨을 쉬고는 눈을 내리깔았다.

"맘대로 해, 이 멍청아. 나중에 자려고 누웠다가 이불 발로 차고 벽에 머리 찧은 다음에 이상한 신음 흘릴 건 너니까."

날 너무 잘 안다니까.

"그러면……."

"남산에 갈 인원을 정하는 게 좋겠지요."

절묘하게 내 말을 끊고서 자기 할 말을 하는 건 세희의 주특기지.

"무슨 소리야? 꼭 우리들을 놔두고 가겠다는 것처럼 들리는데?"

그리고 세희의 의견에 반대하는 건 나래의 주특기이기도 하고.

"맞습니다. 설마 다른 분들께서도 도련님과 동행하시려고 생각한 건 아니시겠지요?"

세희의 말에 치이와 페이와 아야가 몸을 움찔 떤다.

"흐음?"

허리를 숙이고 세 아이들을 훑어보는 세희의 눈매가 객관적으로 봐도 무섭다. 치이와 페이는 고개를 돌리며 시선을 외면했지만 아야는 똑 부러지게 세희를 마주 보며 말했다.

"왜? 나도 당연히 가야지! 저 멍청이가 거기 갔다가 무슨 일이라도 당하면 어떻게 하게?! 난 아직 받아 낼 거 많단 말이야! 그러니까 가서 지켜 줘야 한다고!"

나는 내 허리춤을 붙잡는 아야의 머리를 쓰다듬어 주었다. 걱정도 많긴. 옛날에 있었던 일 때문에 어쩔 수 없겠지만 그래도 그건 과한 걱정이다.

"그, 그런 거예요! 오라버니는 힘도 없는 인간인 거예요! 무슨 일이라도 일어나면 어떻게 하는 건가요?!"

[도움 필요할 수도 있음. 다른 건 몰라도 도망치는 건 우리가 잘함.]

아야의 발언에 치이와 페이가 용기를 얻은 것 같다. 문제는 자기 나름대로의 정당한 이유를 대고 이견을 제시한 까막까치 녀석들이 세희의 눈빛 하나에 머리카락을 파닥파닥 빙빙거리며 고개를 숙여야 했다는 거지만.

"이견은 용납하지 않습니다. 아직 도련님의 곁에 요괴가 있다는 것을 대외적으로 알리고 싶지 않으니까요. 그 사실이 대외적으로 전파되었을 때 냥이 님이 어떻게 이용할지 모르는 일입니다. 그러하니 세 분께서는 무조건 집에 남아 계셔야 합니다. 그것이 도련님을 위한 최선의 방안입니다."

세희의 주장에 치이와 페이는 물론 아야까지 입을 다물고 나를 바라보았다. 나는 그 마음만 고맙게 받겠다는 뜻으로 최대한 내가 지을 수 있는 상냥한 미소를 지으면서 고개를 끄덕였다. 그러니까 입술 삐죽 내밀지 마.

"또한 나래 님께서는 만약의 경우를 대비하여 세 분들을 지켜 주시기 바랍니다. **신 내림을 두 번이나 받은** 나래 님께서 보호자로 남아 주시면 저 또한 안심이 될 테니까 말이죠."

나래는 잠시 생각에 잠긴 후 고개를 끄덕였다.

"의외로 타당한 의견이네. 알았어. 이번에는 네 말에 따를게. 단."

나래는 손가락을 들어 나를 가리키며 말했다.

"저 바보 자식이 지 하고 싶은 거 다 했는데도 랑이하고 같이 못 오면, 그 때는 네가 책임져야 해."

"걱정 마시기 바랍니다. 그 때는 제 손으로 죽여, 실례, 갈기갈기 찢어 버릴 테니까요."

기묘한 동맹 관계가 형성되는 것으로 나에게 압박이 들어왔지만 신기하게도 나는 신경이 쓰이지 않았다. 아마, 그렇게 될 경우에는 스스로 동해 바다 용왕님을 만나러 잠수할 테니까. 하지만 그러지 않기 위해서 내가 할 수 있는 일은 다 해보고 싶다.

그걸 위해서 할 게 있지.

나는 나래와 아이들의 배웅을 받고 집을 나선 뒤, 세희와 골목길을 같이 걸어가며 슬쩍 말을 건넸다.

"너, 어제부터 술 마시고 뭐했냐."

"……넘어가신 것 아니셨습니까?"

세희의 의중을 떠보는 표정은 그리 좋아하지 않는다.

"발등에 떨어진 불 끄려고 한 변명이라며."

"아녀자의 혼잣말을 엿듣는 것은 사내대장부가 할 짓이 아닙니다."

"들린 거다."

"그렇다면 모르는 척하고 넘어가는 것이 예의라고 몇 번이나 말씀드린 것 같은데요."

"기억력이 나빠서."

"기억력이 나쁘다고 하시는 분이 제 혼잣말은 잘도 기억하고 계시는군요."

내가 이 녀석을 말로 이기려고 든 것 자체가 바보짓이었다.

"어쨌든, 그건 넘어가고."

세희는 만족했다는 표정을 지으며 내 말을 기다렸다.

"그것 말고도 네가 오늘 아침에 한 말도 마음에 걸려. 네가 밤새 술을 마시면서 누구한테 부탁을 할 만한 일이면 그냥 넘어갈 게 아닌 것 같거든."

"상대가 잠꾸러기라 실효는 발휘하지 못했지만 말이죠."

"했다는 건 달라지지 않잖아."

세희는 내 눈치를 살피고서는 빙긋 웃었다.

"도련님께서도 하시고 싶은 말씀은 그것이 다가 아니지 않습니까?"

"그래. 이 두 가지만 두고 보면 네가 뭘 한 건지 상상도 못할 것 같은데, 그 전에 네가 했던 말 중에서 또 걸리는 게 있거든."

세희가 어깨를 으쓱거리며 말했다.

"제가 도련님께 너무 많은 도움을 드린 걸 보니 제 마음이 많이 약해졌나 보군요."

"이제는 그래도 될 것 같다고 날 인정한 거겠지."

"단순히 저 또한 피곤하기 때문일 수도 있습니다."

"그래. 나도 피곤하니까 최대한 빨리 끝내자."

나는 물었다.

"네 뜻도 하늘까지 닿는다는 건 무슨 의미였냐."

단순한 농담일 수도 있다. 하지만 지금까지 세희의 행보를 생각해 보면 그렇게 단순하게 여기는 게 바보짓이겠지. 또, 세희는 자신이 나와 웅녀의 대담을 엿듣지 못했다고 말한 적도 없다. 두루뭉술하게 넘어갔지!

즉, 이미 대담을 엿듣고 내게 미리 그런 말을 했을 가능성 또한 존재한다.

"그 말 그대로의 의미를 가지고 있습니다."

그렇다면 내가 의문을 가졌던 일과 상황을 이어 보자. 먼저 술과 관련된 것은 하나로 좁힐 수 있을 테니까 간단하게 정리하면 이렇게 된다.

1. 세희가 술을 마시면서 누군가에게 부탁을 했다.

2. 세희의 뜻은 하늘에 닿는다.

3. 이미 세희는 웅녀가 나를 왕으로 삼으려는 걸 예상하고 있었다.

즉, 이 녀석 역시 웅녀와 같이 하늘에 뜻을 전해 나를 인간들의 왕으로 만들려고 했다는 것이다.

"이해하셨습니까."

"그래."

그럼에도 이해할 수 없는 부분이 있다.

"넌 왜 그랬냐. 네 입으로 말했잖아. 그런 걸 왕이라고 할 수 있겠냐고."

내 생각과는 다른 그 말을 세희는 스스로 입에 담았다. 그럼에도 준비를 했다는 것이 이해가 되지 않는다.

"도련님께서 웅녀의 제안을 받아들이시기로 뜻을 정하셨을 때에 대한 대비책입니다. 같은 꼭두각시라면, 저의 꼭두각시가 되는 것이 좋으니까요."

"내가 그럴 것 같았어?"

"돌머리는 두들겨 보고 건너라, 는 말을 두 번이나 하게 될 줄은 상상도 하지 못했습니다."

속담 멋대로 바꾸지 마라.

"그래? 어쨌든 내가 왕이 되겠다고 하면 넌 언제든지 나를 왕으로 만들어 줄 수 있다는 거냐?"

"그것을 위해 밤새도록 술을 마시고 **웅녀와 이야기를 한** 것이긴 합니다만……."

어느 정도 짐작은 하고 있었던 이야기를 하는 세희의 얼굴에 경멸의 빛이 어렸다.

"자진해서 꼭두각시가 되겠다고 나서다니. 실망했습니다, 도련님."

나는 미소로 답해 주었다.

"김칫국먼저 마시지 마라. 내가 언제 네 꼭두각시가 된다고 했어?"

"도련님께서 저를 이용한다고 자위하시니 사약이 마시고 싶어졌습니다."

특정 단어를 듣자 순간적으로 랑이와 만나기 전에는 일주일에 몇 번 정도 했었던 일들이 떠올랐지만 이내 사라졌다.

"아니, 난 그런 생각은 한 적이 없는데."

"그럼 뭡니까."

내 미소는 이상하게 점점 짙어만 갔다.

"세희야."

"예, 도련님."

"만약 내가 웅녀의 제안을 받아들였다면, 네 말대로겠지. 하지만 말이다, 난 너한테 부탁하는 거다."

"가족인 너한테 말이야."

처음이었다. 세희가 내 말에 아무런 대답도 못 한 것은.

"가족에게 부탁하고 도움받고, 다시 부탁받고 도움 주는 걸 너는 이용한다고 말할 수 있어? 그런 걸 꼭두각시라고 할 수 있어?"

"……가족, 말입니까?"

"응."

"……도련님께서는 저 또한 그렇게 생각하시는 겁니까."

정확히 말하면 세희뿐만이 아니다. 나래도, 랑이도, 치이도, 페이도, 아야도, 바둑이도 이미 내 가족이나 마찬가지다. 아니, 가족이다. 나는 이미 나래와 아이들을 그렇게 대하고 있었다. 그래서 진심을 담아 대답할 수 있었다.

"응."

세희가 소매에서 부채를 꺼내 얼굴을 가렸다. 고개를 숙인다. 얼굴이 전혀 보이지 않는다. 벌어진 입을 가리려고 했다면 조금 늦은 감이 있는데 왜 그러냐. 아무 말도 하지 않고 가만히 있는 세희를 보고 있자니 갑갑해져서 내가 먼저 말을 꺼냈다.

"아직 할 말 남았는데."

[하시면 됩니다.]

말 대신, 페이보다 먼저 내게 보여 줬던 연기로 글을 쓰는 요술을 사용한 세희에게 나는 내 부탁을 전했다.

"그러니까……."

내 부탁을 들은 세희의 무릎이 살짝 풀렸다.

나와 호랑이님

세희와의 이야기를 끝내고 나온 거리는 랑이 때문인지 인파로 북적였다. 뭔가 피난을 가는 느낌이 드는 게 기분 탓은 아니겠지. 이런 상황에서 남산으로 가는 가장 빠른 방법은…….

"나와라, 짠! 만능 세희! 도련님의 소원을 들어주기 위해 여기 등장~!"

세희의 도움을 받을 생각이었지만 언제 갈아입었는지 알 수 없는, 만화에서 나오는 마법 소녀들이나 입을 법한 옷을 입고서 답지도 않는 애교 어린 표정을 짓고 몸을 빙글 돌리며 마법 봉을 휘두르는 꼴을 보니 생각이 바뀌었다.

"걸어갈까."

"이런 긴박한 상황에서 찬물 더운물을 가리시는 겁니까."

"물의 범주에서 안 들어가잖아."

너는 독이다, 독.

"장난도 못 치겠군요. 도련님의 연이은 충격적인 말씀 때문에 정신적인 타격과 캐릭터성의 피해를 입은 저를 치유하기 위해서 행동과 말투에 변신까지 한 제가 안쓰러울 정도입니다."

"결국 자업자득 아니야?"

"도련님께서 인기가 없는 것도 자업자득이겠지요."

"누가 인기가 없는데?! 내가 지금까지 받은 고백만 해도……."

"없으시겠죠."

정답입니다.

"……됐으니까 가자."

"알겠습니다."

세희가 마법 봉을 흔들자 뾰로롱~ 하는 소리와 함께 오색찬란한 빛이 뿜어져 나왔다. 이 중요한 순간에 이게 무슨 짓인가, 하는 한탄과 동시에 나는 남산에 도착할 수 있었다.

이제는 놀랍지도 않아. 다만 갑작스럽게 사람이 나타난 것에 놀라 하는 군인 아저씨들은 많았다. 영화에서나 볼 법한 테이프로 만든 통제선 안쪽에서 사람이 마술같이 튀어나왔으니까 이해는 한다. 한 명은 마법 소녀 같은 꼴이니까 더더욱. 그래도 사람에게 향해지면 두 손을 드는 게 생명 유지 활동에 도움이 되는 물건의 끝을 이쪽으로 향하는 건 너무하다고 생각합니다. 자연스럽게 그것들보다 더 위협적인 쪽으로 시선이 돌아가니까요.

"여기는 저에게 맡기고 가 보시지요, 도련님."

나라를 지키는 데 노력하시는 국군 아저씨들의 생사가 위태로워진 순간이다.

"그래도 되냐?"

"별일 없을 겁니다."

"그러니까 난 그 말이 싫다고."

세희가 한숨을 쉬었다.

"그 누구도 죽거나 다치는 일은 없을 겁니다. 됐습니까?"

그제야 조금 안심이 된다.

"그럼 갔다 온다."

몸을 돌려서 저 너머로 남산 타워와 함께 보이는 검은 호랑이를 향해 발걸음을 떼려는데.

"도련님."

세희가 나를 불렀다.

"왜."

세희는 독설과 무표정을 모티브로 잡는 창귀가 지었다고는 믿기지 않을 정도로 빛나는 미소를 지으며 말했다.

"이런 상황에서는 일부러 한 번 불러 보는 게 정석적인 패턴이라서 한번 해 보았습니다."

그래, 네가 그런 미소를 짓는 걸 보고 나도 어느 정도는 예상했다. 나는 실소로 답해 주고는 다시 앞을 향해 걸었다.

그 끝은 하늘로 향하는 계단을 지키고 있는 듯한 검은 호랑이의 앞이었다. 옆에서는 가희가 방송용 카메라를 들고 이쪽을 향해 있었다. 뭐냐, 그 요괴 TV라는 건. 나는 그쪽에는 신경을 끄고 고개를 들었다. 마치 화선지에 붓으로 그린 검은 호랑이가 내 시아를 가득 채운다. 영화를 볼 때 화면이 큰 게 최고라는 이유가 이런 거겠지. 그럼에도 나는 다른 사람이라면 압도되었을 그 모습에도 아무런 위압감 같은 것을 받지 못했다. 내가 아기 때부터 간을 배 밖에 내놓고 태어난 놈이라는 점도 있지만……. 뭐랄까. 단순한 기분 탓일지 모르겠지만 랑이와 같은 위압감 같은 것은 느끼지 못하겠다. 오히려 그리움까지 느껴진다. 이제 겨우 한 달 정도 지났는데 랑이를 처음 만난 지 4년은 지난 기분이 드네. 그동안 참 많은 일이 있었지. 잠시 추억에 잠기고 있자니 냥이가 나를 내려다보며 입을 열었다.

"왔느냐."

호랑이가 말했다! 라고 외쳐야 할 것 같다.

"호랑이가 말했다!"

그래서 했다.

"……의외로 긴장하지 않고 있구나."

"몰라. 솔직히 긴장할 기운도 없다."

긴장도 여력이 있어야 하는 거다. 나는 그저 이 모든 난리를 끝내고 랑이의 배에 손을 두르고 목덜미에 얼굴을 묻어 그 좋은 향기에 취한 채 뒹굴뒹굴하고 싶은 마음밖에 없다. 그러기 위해서, 나는 어떤 짓이라도 해 버릴 거다. 날 이렇게까지 만든 책임을 물게 만들 거라고.

"그것참 안됐구나. 그러면 산수가 좋은 곳을 알려 줄 테니 거기서 한 오백 년 정도 틀어박혀 있는 것은 어떻겠느냐."

"그렇게 좋은 데가 있으면 네가 가라. 난 고등학교 졸업부터 해야 하니까."

"네놈의 머리가 솔방울을 잣인 줄 알고 까는 녀석 수준인데 그럴 필요가 있겠느냐."

"그러면 머리 좋은 네가 잣이나 까세요."

"그, 그렇게 칭찬해도 쓸모없다고 하지 않았느냐!"

그러니까 칭찬이 아니라고.

"어쨌든 비켜라. 랑이하고 할 이야기가 있으니까."

호랑이가 웃는다면 저렇게 웃겠지.

"좋으니라."

"……응?"

냥이가 너무나 간단하게 승낙하는 바람에 내가 다 어이가 없어졌다. 아마도 지금 나는 꽤나 얼빠진 얼굴이겠지.

"좋다고 하였느니라."

냥이는 자신의 말이 거짓이 아니라고 보여 주기라도 하듯이 몸을 슬쩍 틀었다. 그러자 그 거대한 몸에 가라져 있던 하늘에 오르는 나선 계단이 그 모습을 드러냈다. 저 계단을 올라가면 되겠지? 지금 같은 상황에서 거짓말을 해 봤자 득 볼 것이 없기 때문에 가도 된다는 냥이의 말은 아마도 진심일 것이다. 하지만 그것과는 별개로 냥이의 본심이 궁금한 것이 나의 진심이다.

"뭐 잘못 먹었냐? 왜 답지 않게 굴어?"

"흥! 어쨌든 결국 결판은 흰둥이와 네가 지어야 하는 것이니라. 네가 납득하지 못한다면 잡아도 잡아도 계속 기어 나오는 바퀴벌레처럼 내 소중한 흰둥이의 곁을 맴돌지 않겠느냐?"

바퀴벌레하고 가장 비슷한 녀석이 그런 말 하지 마라.

"그렇다면 차라리 이곳에서 너를 보내 주어, 네놈이 자신의 입으로 그렇게 사랑한다고 외치는 흰둥이의 각오와 결심을 듣고 포기하게 만들며 스스로 물러나게 만드는 것이 가장 좋지 않겠느냐?"

이 녀석. 도대체 나를 어떻게 생각하고 있는 걸까.

"내가 그럴 것 같냐?"

"길고 짧은 것은 대 봐야 아는 것이고 나는 지금의 흰둥이처럼 자신의 마음을 굳힌 자를 알지 못하느니라."

"너라고 해도 결국은 네가 알고 있는 것만 알고 있는 것뿐이니까 너무 자만하지 마라."

"겉만 번지르르한 선문답 같은 말장난은 집어치우고 갈 길이나 가거라. 시간이 아깝느니라."

"안 그래도 그럴 거다."

나는 앞으로 걸어갔다.

"나는 너에게 기대하지 않을 것이니라."

헛소리를 내뱉는 냥이를 지나치고 계단에 발을 딛는다. 나는 무심코 습관적으로 고개를 들어 위를 보았다.

……까마득하니 높구나. 이걸 도대체 언제 오르나. 일단 가면서 생각해 볼까.

나는 계단을 오르기 시작했다. 마치 유리로 만든 듯한 투명한 계단을 한 발자국, 한 발자국 오를 때마다 땅이 멀어져 가고 하늘에 가까워진다. 산의 시원한 바람이 몸에서 나는 땀을 식혀 준다. 저 멀리서 헬기가 소음을 내며 날아다니며 이쪽을 촬영하는 느낌이 든다. 나를 찍는 거겠지. 난 지금 전파를 타고 전국에 방송되는 걸까.

아무래도 상관없는 생각을 하며 발을 움직이다 보니 어느새 냥이의 키보다 높이 올라왔다. 나선형 계단. 계속해서 빙글빙글 도는 느낌이 들지만 나는 확실히, 조금씩, 조금씩 하늘에, 랑이에게 가까워져 간다.

그러니까, 땅이 멀어진다는 거죠.

"이거 장난 아닌데?"

나는 다시 고개를 들었다. 아직도 랑이가 있는 왕자에 닿으려면 까마득히 멀어 보인다. 지금이야 시원하기만 한 바람이 위로 올라갈수록 강해질 것 같고, 없던 고소 공포증까지 생길 것 같은데……. 제대로 오를 수 있을까.

랑이야, 찾아오는 사람도 좀 신경 써 달라고.

"계단이 숙적이라는 말이 이해된다니까. 젠장."

TV에서 본 3D 만화 영화 주인공에게 공감하며 나는 다시 슬슬 무리가 오는 다리를 움직였다.

그리고 잠시 후.

"헉, 헉, 헉, 헉, 헉, 헉, 헉."

계단이…… 끝이 안 나!

서울 시내가 장관으로 펼쳐지는 곳까지 올라왔는데도 끝이 안 보여! 냥이 자식, 날 그냥 보내 준 건 계단을 오르다가 지쳐 죽이기 위해서였나?

"아고고고."

일단 살고 봐야겠다. 나는 계단에 엉덩이를 대고 앉아서 다음 계단에 등을 기댄 채 축 퍼져 버렸다. 안 무섭냐고? 무섭지. 무섭긴 한데 나는 내가 탈진으로 죽을 게 더 무섭다.

"평소에 운동 좀 할 걸 그랬나."

이마의 땀을 흘리며 한탄 어린 말을 꺼내자.

"그 근성으로 말입니까."

기대하지도 않은 답변이 돌아왔다. 세희다. 그 휘황찬란한 마법 소녀가 아닌 곱디고운 검은색 한복을 입고 있어서 내심 안도가 된다. 그런데, 너.

"자기가 귀신이라는 걸 그런 식으로 증명할 필요가 있냐."

"무슨 말씀이십니까. 저도 지금 계단을 쓰고 있지 않습니까?"

"지킴이 일족은 어렸을 때 영안이 열린다고 배웠는데 내 눈에는 아무것도 안 보인다, 야."

"환상 계단이기 때문에 저만이 볼 수 있습니다."

술 좀 작작 마시지.

"것보다 아래는 어쩌고 여기 온 거야?"

"곰의 일족에게 떠맡기고 왔습니다."

참으로 안심이 되는 이야기다.

"그러면 왜 왔냐."

"힘겹게 올라가는 꼴을 TV로 보고 있자니 마치 비루먹은 말, 실례, 갓 태어난 망아지 꼴이라 안쓰러워져서 왔습니다."

나도 옛날의 내가 아니다.

"특등석에서 구경하려고?"

세희가 손으로 벌어진 입을 가렸다.

"어떻게 아셨습니까?"

"하루 이틀 일이 아니니까."

나는 피식 웃으며 말을 이었다.

"도와줘라. 오르다가 해 지겠다."

"알겠습니다, 도련님."

세희는 고개를 끄덕이고서는 내 뒤로 다가와……. 나를 공주님같이 안아 들었다.

"야."

이건 아니지. 이건 아니라고.

"참고로 이 장면은 카메라를 통해 전 세계의 요괴들과 인간들에게 생중계되고 있을 겁니다."

알고 있지만 확인해 줄 필요는 없어!

"덤으로 말씀드리자면, 집에서 이 장면을 보고 계신 다른 분들의 질투심이 폭발하고 있습니다."

"평범하게 들면 되잖아, 평범하게! 그냥 짐짝 취급해도 된다고!”

세희는 빙긋 웃었다. 아, 듣기 싫은 말을 할 거구나.

“이편이 더 재미있지 않습니까.”

“날 괴롭히는 데?”

“그러면 달리겠습니다.”

세희는 말이 끝나자마자 처음 지리산에서 내가 도망쳤을 때와 같이 계단을 날듯이 달렸다.

“…….”

“…….”

가출 한 랑이와의 첫 대면. 내 말을 무시하고 왕이 되겠다고 선언한 이후이니만큼, 지금 이 만남은 서로에게 꽤 중요한 자리라고 생각한다. 하지만 세희에게 조신한 공주님처럼 안겨 있는 상황이고, 랑이의 발치에는 바둑이가 강아지 모습으로 배를 드러내고 누워 자고 있는 상황이라 그런 건 어디론가 다 사라져 버린 기분이 든다.

나는 말없이 세희의 손을 툭툭 두드리는 것으로 내려 달라는 의사 표명을 했다.

“왜 그러십니까, 도련님. 졸리십니까? 그러면 어부바로 자세를 바꾸어 드리지요.”

역시 사람은 대화를 해야 돼.

“내려 달라고.”

“알겠습니다.”

내 다리로 선 이후로도 이 어색한 분위기는 어쩔 수 없을 것 같다.

"야."

그래도 이대로 있어서는 아무것도 안 되기 때문에 내가 먼저 랑이에게 말을 걸었다.

"일단 거기서 내려와라. 목 아프다."

"내가 왜 그리 해야 하느냐."

퉁명스럽게 말하며 고개를 휙 돌리는 걸로도 모자라 팔짱을 끼고 다리까지 꼬는 걸 봐서 화가 많이 나긴 난 것 같다. 그것보다 저 모습은 나래가 화났을 때 일부러 보여 주는 자세하고 많이 닮았네. 이래서 아이는 부모의 거울이라는 말이 있는 걸까.

그런데 랑이야.

"아무리 화가 났어도 날 대하는 태도가 그게 뭐냐."

목소리에 조금 힘이 실렸다.

"날 영영 안 볼 생각이냐."

랑이의 꼬리가 바짝 부풀어 오르고 귀가 쫑긋거리는 게 보인다. 내가 눈이 조금만 더 좋았다면 랑이의 뺨에 흐르는 식은땀도 볼 수 있었겠지.

"네, 네가 먼저 그러하지 않았느냐?!"

고개를 돌린 채 곁눈질로 나를 훔쳐보며 말을 잇는다.

"난 분명 멋대로 떠나면 무지무지 화를 낼 것이라고 말했느니라! 그런데 내 말을 무시하고 간 건 성훈이, 네가 아니느냐?!"

……네가 애냐? 아니, 얼마 전까지는 애였지.

"야. 내가 지금 그거 이야기하고 있어? 그건 그거고 이건 이거다. 난 지금 지금 상태로는 이야기를 하기 힘드니까 눈높이 좀 맞춰 달라는 거야. 아니면, 일부러 내려오지 않는 거냐? 날 내려다보기 위해서?"

랑이는 입을 다물었다.

나는 말했다.

"그래? 다른 누구도 아니고 네가 그럴 줄은 몰랐다."

"그러는 넌 언제나 날 내려다보지 않았느냐?!"

뭔 소리래.

"그야 네가 키가 작으니까. 그리고 난 최대한 너하고 눈높이를 맞추려고 노력했다."

랑이의 볼이 새빨개져서는 고개를 돌리며 소리치듯 말했다.

"으냐앗!! 그런 이야기가 아니니라!"

"그럼 뭔데?"

"언제나 날 아이 보듯이 하지 않았냐는 말이니라!"

"애 맞잖아?"

"지금도 그런 말을 하는 것이느냐!"

랑이가 제대로 화가 났는지 자리에서 벌떡 일어났다. 음. 확실히 높이의 차이에서 오는 각도, 입고 있는 옷, 뒤의 병풍, 풍기는 분위기 때문인지 지금의 랑이는 커 보인다. 실제로도 커졌고.

하지만 말이다.

"그러면 물어보자. 내가 어제 그 일 말고 언제 널 애라고 무시하거나 깔보고 네 의견을 무시한 채 내 마음대로 행동하는 등, 그런 적 있었냐."

"있느니라!"

"말해 봐."

랑이는 기세등등하게 입을 열려다가 이내 다물었다. 그리고 상당히 곤란해진 듯 꼬리가 추욱 내려가고 귀도 접혔다. 열심히 생각해 보고 있나 본데 없는 걸 생각해서 나오겠냐. 아마 속으로 안절부절못하고 있을 랑이를 위해 숨통을 틔워 주자.

"뭐, 그런 건 지금하곤 아무래도 상관없는 이야기지."

반색하지 마라.

"그, 그렇느니라. 네가 먼저 날 무시하고 멋대로 한 건 맞지 않느냐? 그러니까 나도 그리 할 것이니라."

우리 랑이가 달라졌어요. 왜 눈물이 나려고 하냐. 이래서 애들은 키워 봤자……. 아니, 이건 아니지.

"그래. 내가 먼저 널 무시했지."

숨통을 틔워 준 게 아니라 호랑이 등에 날개를 달아 준 것 같다.

"그렇느니라! 내가 가지 말라고 하지 않았느냐? 그런데 너는 무시하고 갔느니라. 내가 화낸다고 몇 번이나 몇 번이나 말했는데 날 떠났느니라!"

"그건 네가 나를 무시한 거다, 이 녀석아."

나는 호랑이 같은 무시무시한 눈으로 노려보는 랑이에게 계속해서 말했다.

“그 전에 했던 말은 분명 내가 잘못한 거였다. 네 생각을 무시하는 말을 한 건 내 실수야. 하지만, 하지만 말이다. 그 이후에 있었던 일은 네 잘못이 맞아.”

“무슨…….”

“끝까지 들어. 나는 그에 대한 사과를 했다. 그리고 어떻게든 대화로 풀어 나가려고 했어. 그런데 네가 한 행동은 뭐였냐.”

아, 이제야 랑이가 조금 깨달은 것 같다.

“내 말을 무시하고 방 안에 틀어박혔지. 자기가 할 말만 하고 틀어박히더니, 내가 웅녀를 만나러 간다고 하니까 협박까지 했다. 그래. 내가 처음으로 너보다 내 생각을 우선시한 거에 대한 충격이 컸을 수도 있어. 네 생각을, 진심을 무시하고 널 이해해 주지 못한 나에 대한 배신감이 컸겠지. 네가 화가 많이 났을 테니까 네 용서를 받으려면 무슨 일이라도 하려고 했다. 그런데…….”

내가 지금.

“넌 나한테 말도 없이 떠났더라?”

정말로.

"다시 말하지만 내가 널 무시한 건 잘못한 건 잘못한 게 맞다. 사과를 했어도 네가 받아 주지 않은 이상 그건 아무런 의미도 없겠지. 그것에 대해서는 네가 내게 화를 낼 수 있어. 하지만 말이다, 랑이야."

엄청나게.

"선이라는 게 있겠지?"

화가 났다는 것을.

"히이이익?!"
"랑이야. 내가 잘못한 게 있기 때문에 나도 그리 떳떳하지도 않고, 강하게 말할 입장은 아니야. 설득력 없는 설득을 하는 것처럼 들릴 수도 있고. 하지만 객관적인, 제3자의 입장에서 보았을 때는 어떨까?"
나는 최대한 겁에 질렸다는 것을 드러내지 않으려고 하는 랑이 대신 세희에게 말했다.
"네가 보기에는 어떠냐?"
"도련님의 잘못이 크지만 주인님의 대응 역시 잘못되었다고밖에 할 수 없습니다."
"네, 네 주인은 도대체 누구이느냐?!"
랑이의 불호령이 떨어졌지만 세희는 무표정을 풀지 않았다.

"두 분 다, 저의 소중한 주인님이십니다."

"그래도 이럴 때는 내 편을 들어주어야 하지 않겠느냐?"

"무슨 말씀이십니까, 주인님."

세희는 일부러 고개를 갸웃거리며 말했다.

"제 모든 행동은 주인님의 행복을 위한다는 것을 이미 아시지 않습니까?"

랑이가 입을 다물었다. 아서라, 랑이야. 나도 언제나 세희에게 밀리는데 네가 이길 수 있겠냐. 나는 하고 싶은 말은 많지만 할 수가 없어져서 입가로 물결을 짓는 랑이에게 말했다.

"뭐, 다시 말하지만 이건 솔직히 아무래도 상관없는 이야기니까 다시 본론으로 넘어가자."

나는 목 뒤를 손으로 만지며 말했다.

"내려올 거냐, 아니면 계속 거기 있을 거냐."

"……."

"……."

왜 날 이상하게 보는지 모르겠다.

"……그게 본론이느냐?"

"그 말씀을 하시고 싶어서 오신 겁니까?"

궁금증을 해소해 줘서 고맙다.

"내가 바보냐?"

"……성훈이는 가끔씩 바보 같을 때가 있느니라."

"도련님은 바보, 실례, 멍청이가 맞습니다."

세희는 그렇다 쳐도 랑이, 이 녀석은 내가 지금 화가 났다는 걸 알면서도 잘도 말하네. 어른이 되긴 했어도 아직 어린애 같은 단순함은 그대로 가지고 있는 것 같다.

"그래서 내려올 거야, 말 거야?"

"나는 내려가지 않겠느니라."

……뭐, 좋다. 랑이도 바보는 아니라 내가 계속해서 눈높이를 맞추자고 한 이유를 알고 있는 것 같으니까. 아니면 야성의 감이라든가. 아무래도 상관없는 이야기다. 내려오지 않으면 끌고 내려오면 되는 거니까.

"좋아. 그러면 무엇부터 말을 할까."

"나는 할 말이 없느니라."

뭔가 마음속에서 삐거덕거리는 느낌이 든다.

"성훈이 너에게는 너의 뜻이 있고 나에게는 나의 뜻이 있느니라. 네가 날 설득할 생각이 없는 것같이 나 역시 너를 설득할 생각이 없느니라."

느낌이 아니었구나. 나는 단단한 각오를 목소리로 전하는 랑이를 올려다보았다. 랑이는 조금 전의 모습은 어디로 갔는지 당당하게 나에게 선언했다.

"나는 요괴들의 왕으로서 내 아해들을 돌볼 것이니라. 그리고 때가 되면, 다시 네 곁으로 돌아갈 것이니라. 내 마음은 설령 내 미래의 지아비이신 너라 할지라도 어찌 할 수 없느니라."

음. 물어봐야겠다.

"진짜냐."

"그렇느니라."

랑이는 단언했다.

그래서 나도 이제 더 이상 망설이지 않고 치밀어 오르는 화를 참지 않기로 했다.

"그래?"

참지 않기로 했는데 살짝 당황한 기색을 보이는 랑이를 보니까 조금만 더 참고 싶어졌다. 참고 싶어졌다. 참고 싶다. 참고 싶은데 못 참겠다.

"그러냐."

참지 말아야 할지도 모른다. 그런데도 참고 싶다. 왜냐하면, 이건 분명히 랑이에게 상처를 줄 테니까. 지금부터 내가 할 말은, 분명, 옛날 내가 나래에게 주었던 상처만큼 큰 아픔을 줄 거다. 그러니까 참고 싶다.

그런데…… 못 참겠다.

속된 말로, 난 지금 빡쳤거든.

"생각해 보니까……. 넌 언제나 그런 식이었지."

힘겹게 첫 한 마디를 꺼내자 한숨이 나왔다.

"하아……."

"무슨 말이느냐."

불안함과 적의가 공존하는 랑이의 목소리에 나는 내 감정을 여과 없이 말했다.

"아니, 원래 넌 그런 애였다는 말이다. 첫 만남 때부터 그랬지. 아무것도 모르는 나한테 사랑이니 뭐니, 약혼이니, 안 그러면 세계 멸망이니 하고 협박했었고……. 넌 원래 자기가 하고 싶은 걸 하는, 남 생각 같은 건 하나도 안 하는 꼬맹이였다는 거다. 자기 멋대로 날 위해 희생한다고 떠난 다음에 날 죽일 뻔하지를 않나."

봐라. 상처 받잖아. 지금이라도 늦지 않았어.

"넌 언제나 그랬다. 넌 언제나 그랬다고. 나를 사랑한다고 하면서 언제나 네가 하고 싶은 게 우선이었다. 밥 먹을 때도, 잠잘 때도, 씻을 때도, 옷 입을 때도, 쉬고 있을 때도, 공부할 때도, 놀고 있을 때도, 언제나, 언제나. 넌 언제나 네가 먼저였다. 날 생각하지 않고 언제나 네가 하고 싶은 걸 했지."

"그, 그건 네가 폐가 아니라고……."

"그야 널 생각해서 그렇게 말한 거지. 상식적으로 생각해 봐라. 그런 게 민폐가 아니고 뭐겠냐."

하지 마. 이 정도면 충분하잖아. 그만하자.

"그래, 내가 말 안 한 게 잘못이지. 네 어리고 귀여운 외관에 내 눈이 멀어 있었거든. 하지만 너도 잘한 건 없지. 넌 자신의 사랑스러움을 이용해서 내 생각 같은 건 하지도 않고 언제나 자기 멋대로 행동했던 애새끼였으니까."

랑이가 그대로 굳어 버렸다.

"지금도 그런 것뿐이야. 그래. 너라는 아이는 원래 그랬던 거다. 그러니까 나는 네 말에 충격을 받지도 놀라지도 않아. 그냥 그러려니 생각한다. 그런데 말이야, 랑이야?"

나는 미소 지으며 말했다.

"내 옆에 네가 돌아올 곳이 있을 거라는 믿음은 도대체 어디서 나오는 거냐?"

숨도 멈춘 것 같네.

"왜 내가 **당연히** 네가 다시 돌아올 때까지 기다려 줄 거라고 **믿고** 있는 거야? 네가 그렇게 구는데 내가 여전히 널 사랑할 거라고 믿는 거냐? 응?"

나는 용상을 향해 걸어 올라가며 말했다.

"이제 애도 아니잖아. 그러면 조금이라도 생각을 해야지. 내가 왜 네가 하고 싶은 일들이 끝날 때까지 기다려 줄 거라고 단언하는 건데? 난 아직 어려. 그리고 너 말고도 따로 좋아하는 여자가 있고. 거기다 내 취향은 쭉쭉빵빵인 여자다. 그래, 나래같이 말이야. 그런데 왜 내가 널 기다려 줄 거라고 생각 하냐?"

"그, 그건……."

"내가 널 사랑하니까?"

나는 잠시 멈춰 선 뒤 미친 듯이 웃었다.

"무, 무엇이 웃기느냐?! 너는 날 사랑하고 있지 않느냐?!"

그걸 지금 네 입으로 말 하냐?!

"나는 너를 사랑하고! 너 역시 나를 사랑하느니라! 지금 네가 그리 말한다 해도, 그 사실만큼은 변하지 않는 것이니라! 그렇기에 난 널 믿고……."

"닥쳐!"

나는 성큼성큼 올라가서 겁에 질린 랑이를 찍어 내려다보며 말했다.

"사랑! 사랑! 시발, 그놈의 사랑! 네가 생각하는 그 빌어먹을 사랑이라는 게 이런 거로구나! 그래! 넌 처음부터 그랬어! 그러고 보니 처음 만났을 때는 자신의 삶을 위해서 사랑을 받고 싶다고 했었지? 봐봐. 네놈은 처음부터 사랑이 수단이었어! 네 봉인이 풀리지 않는 이유를 이제 알겠다! 너에게 있어서 사랑이라는 건 수단에 불과하지 않으니까! 아니! 아니겠지! 넌 이제 사랑이 뭔지를 알아. 그런데도 넌 그 사랑을 수단으로 쓰고 있어! 자기만족에 취할 수 있는 수단이었고! 삶의 이유를 대신할 도구였고! 지금은 날 속박하는 데 쓸 족쇄고! 네놈이 말하는 사랑은, 언제나! 언제나! 그런 거였다! 그런 게 너의 사랑이지! 하하하하하하!! 그런 게 사랑이야! 푸하하하하하하! 하하하하하하하하하하!"

허리가 꺾일 정도로 실컷 웃다 보니 갑자기 웃을 기분이 들지 않았다. 그래서 뚝 하고 멈췄다. 남들이 보면 꼭 미친놈같이 보이겠다.

"그러니까 네 모든 걸 받아 주려고 한 나는 네게 이용만 당하는 거지! 사랑이라는 아주 좋은 핑계거리도 있고! 죄책감 같은 건 들지도 않지? 거기다 이번에는 내가 잘못하기도 했으니까 자기합리화하기도 편했겠어? 이건 다 성훈이 처음에 잘못한 거니까! 나한테는 잘못 없어! 이건 다 성훈이 탓이야! 안 그러냐? 안 그러냐고, 랑이야?!"

랑이의 눈가에 물기가 어린다.

"울지 마! 울지 말라고! 짜증 나니까! 운다고 다 해결될 것 같아?! 내가 이럴 줄 몰랐지? 당연히 내가 널 기다려 준다고 말하거나, 짜잔~! 좋은 해결법을 준비해 놨습니다~! 할 줄 알았어? 아쉽네요, 틀리셨습니다! 왜 그런 줄 알아?"

랑이의 눈을 똑바로 바라보며 외친다.

"내가 지금까지 그럴 수 있었던 이유는!"

목까지 치밀어 오는 감정을 그대로 토해 낸다.

"네가 내 곁에 있어 줬기 때문이다! 네가 무슨 일이 있어도 내 곁에 있어 줄 거라는 믿음이 있었기 때문이라고! 우리 둘이라면, 아니, 우리 둘이니까! 어떤 일도 같이 해결해 나갈 수 있을 거라고 믿고 노력했던 거다! 그런데, 그런데! 너는 날 떠났다고! 네가 나한테 그런 걸 바라는 건 너무 어리광이 심한 거 아니냐? 응? 거기다 기다려 달라고? 미래의 지아비라고? 뚫린 입이라고 잘도 지껄인다? 야! 야, 호랑이! 네가 나한테 이럴 수 있어? 이럴 수 있냐고! 내가 널 위해서 한 것들이 소설로 치면 아홉 권은 나올 거다! 그런데 말 한 번 잘못했다고 삐치고서는 지 할 말만 다 하고 가출한 다음에, 뭐? 왕이라고? 왕국을 만들어? 너 말이면 다냐?! 내가 이런 꼴을 보고 싶어서 그동안 그 고생을 한 줄 알아? 나는 뭐 안 힘들었는 줄 아냐? 만날 네 옆에서 헤헤헤헤 하고 웃으니까! 너하고 같이 놀면서 웃어 주니까! 싫어하는 기색 없이 안아 주니까! 내가 힘들 줄 몰랐지? 내가 너 없는 곳에서 얼마나 고민하고! 조금이라도 좀 잘해 보려고 얼마나 힘들었는지 알아?! 너 만난 다음에 죽을 뻔한 게 몇 번인지 아냐고! 거기다 좋아하는 여자애는 널 질투해서 만날 날 때려죽이려고 하지! 요괴들은 날 인간 이하 취급하지! 주위에는 로리콘이라고 소문이 나지! 알고 보니 네 입맛에 키워져 있지를 않나! 알겠냐? 알겠냐고. 너 때문에 내가 얼마나 고생하고 있었는지 알고 있냐고! 사실 알아주기를 바라지도 않았다! 그래서 일부러 티도 안 냈고! 그런데 지금 이게 그 대가냐? 응? 뭐? 날 사랑한다고? 웃기지 마! 사랑한다면서 네가 어떻게 나한테 이럴 수 있어?! 그 자랑인 귓구멍이 안 막혔으면 뭐라고 말이라도 해 봐!"

웃기는 일이다. 이런 상황에서도 랑이의 눈물을 닦아 주고 싶다는 생각이 드니까.

"나도……."

랑이가 스스로 눈물을 닦으며 말했다.

"나도 힘들었단 말이야!"

랑이는 나를 똑바로 올려다보며 말했다.

"나라고, 나라고 힘들지 않을 줄 알았어? 만날 너한테 애교 떨고! 사랑한다고, 놀아 준다고 말하니까 그렇지 않을 것 같았냐고?! 나도 그래! 나도 힘들었다고! 처음에는 몰랐어. 그냥 어린애였으니까. 아무것도 모르는 바보였으니까! 하지만 나도, 나도! 사랑하는 사람을 위해서라면 자신이 다치고, 죽는 것 따위는 아무렇지 않다는 것을 네 덕분에 알게 되었을 때!

치이 때문에 자책하며 울던 너를 보고 사랑하는 사람이 슬퍼하는 모습이 얼마나 마음이 아픈지 알게 되었을 때! 내가 너를 사랑하는 것만으로 나래를 상처 주었다는 걸 알게 되었을 때!"

울먹이듯, 하지만 울지 않으며 랑이는 계속해서 자신의 마음을 전했다.

"내 존재 자체가 너에게 얼마나 많은 부담이 되는지 깨달았단 말이야! 내가 너를 사랑하는 것만으로도 네게 무거운 짐을 짊어지게 만든다는 걸 알았단 말이야! 그런데 내가 힘들지 않았을 것 같아? 네가 나 때문에 고생하는 걸 모를 리가 없잖아! 모를 리가 없잖아, 이 바보, 멍청이, 개똥구리야! 난 언제나 너만 보고 있었단 말이야. 네가 나 몰래 고민하고 힘들어하고 날 위해서 노력을 하는 걸, 내가 모를 것 같았냐고! 알아! 안단 말이야. 안다고! 그런데 어떻게 해. 성훈이, 네 말대로 넌 말하기 싫어했잖아. 내가 웃는 걸 보고 싶어 했잖아! 내가 울면 싫어했잖아! 그리고, 그리고! 나라고 너하고 같이 있기 싫은 줄 알아? 나도 너하고 같이 있고 싶어! 하루 종일 같이 있으면서 같이 놀고 같이 밥 먹고 같이 씻고 같이 이야기하고 같이 뒹굴고 싶다고! 하지만 안 되잖아! 안 되는 거잖아! 지금 우리는 그럴 수 없잖아! 나는 내 아이들을 못 버린단 말이야! 아니, 버릴 수 없어! 아이들이 너보다 소중해서가 아니야. 너처럼, 나하고 나래, 둘 다 사랑하는 거하고 같단 말이야! 그리고 나 바보 아니야! 내가 아이들을 버리면, 그렇게 된다면 정말로 우리 둘이 같이 살 수 없다는 걸 안단 말이야! 그래서 왔어. 검둥이가 무슨 속셈이 있어도, 내가 널 사랑하는 마음이 변할 리가 없으니까! 네가 날 사랑하는 마음도 변할 리가 없으니까! 그래서 나간 거야! 이게 가장 좋은 방법이니까! 넌 내 말 듣지도 않을 거잖아! 나라고, 나라고 좋아서 이러는 줄 알아? 내가 널 사랑하지 않으니까 이러는 줄 아냐고! 이 바보야! 너야말로 어떻게 나한테 그럴 수 있어? 어떻게 나한테 그런 말을 할 수 있냐고! 너무해! 성훈이, 이 나쁜 놈! 난 이렇게 널 사랑하는데! 널 사랑해서 이렇게까지 하는데!"

평소라면 목청 놓아 울 것 같으면서도 억지로 억지로 울음을 삼키며 눈물만 뚝뚝 흘리면서 이야기하는 랑이를 보면서 나도 지지 않고 말했다.

"그래서 뭐?"

왜냐하면.

"그래서 하고 싶은 말이 뭔데?"

내가 진짜로 하고 싶은 말은 지금부터니까.

"그래도 난 널 사랑한다고, 이 나쁜 놈아!"

그건 사랑 고백이라고 하기에는 좀 악이 많이 들어간 목소리였다.

"널 사랑해서 한 일이라고! 알아 달란 말이야! 네가 기다려 주기 싫으면 다른 여자를 처로 삼아도 돼! 그래도, 그래도!"

랑이는 울면서 말했다.

"그래도 날, 사랑해 줘."

"싫다!"

랑이의 눈이 동그랗게 변한다. 네가 그렇게 말하면 내가 알겠다고 말할 줄 알았냐?

그거 결국 나를 위해, 네가 사랑하는 나를 위해 자기 혼자 희생하겠다는 거잖아.

전에 말하지 않았나? 난 그런 이야기를 좋아하지 않는다고.

사랑하는 사람을 위해서 희생한다고? 웃기지 마. 그런 건 한 번이면 족해. 사랑하기 때문에 어쩔 수 없이 떠나보낸다고? 나보고 또 그런 일을 당하라는 거야?

"난 그런 거 싫어! 헤어질 거면 헤어지고 사랑할 거면 사랑하는 거지, 그게 뭐야?! 자기 좋은 것만 쏙 빼먹겠다는 거냐? 그건 너무하잖아?! 차라리 헤어지고 말지!"

"그렇게 나하고 헤어지고 싶어?! 그런 거야?! 내 입으로 헤어져 달라고 말하길 바라는 거냐고, 이 나쁜 놈아!"

"야, 이 멍청아!"

휘동 그래진 황금빛 눈동자로 나를 보는 랑이에게 말한다.

"헤어질 거면 헤어지고 사랑할 거면 사랑하는 거지, 라고 말했으면, 당연히 뒤의 말이 내가 원하는 거라고 생각 안 되냐?!"

미안.

멋대로 지껄였는데도 이런 결론이라서 미안.

"멍청한 너를 위해서 직접적으로 말해 주마. 그런 말을 했어도 난 결국 너와 같이 있고 싶어! 알겠냐? 이제 이해했어? 그러면 이제 네 차례야. 너도 정해! 네가 원하는 게 뭔지. 네가 하고 싶은 게 뭔지! 이것저것 생각하지 말고!"

"하, 하지만!"

"하지만이고 뭐고! 그딴 거 다 필요 없으니까 네 진심을 말하라고! 그래서 넌 어떻게 하고 싶은 건데?!"

"그걸 몰라서 묻는 거야?!"

"말도 안 하고 가출 한 녀석 속을 내가 어떻게 아냐?! 그러니까 말로 해! 기다려 달라는 소리는 집어치고 네 진심을 말하라고!"

랑이가 내 손을 뿌리치고 눈가를 다시 한번 소매로 닦은 뒤 나를 올려다보며, 황금빛 눈동자를 그 어느 때보다 빛내며 내게 외쳤다.

"나도 너하고 같이 있고 싶어! 너하고 같이 있고 싶단 말이야, 이 바보야! 으아아아앙!!"

그 말이 듣고 싶었다.

그 한 마디가 듣고 싶었다.

나는 몸을 돌려 지금까지 가만히 지켜봐 주었던 세희를 보았다. 세희가 나를 닮은 인형이 갈기갈기 찢겨져 있는 것을 있는 힘껏 무시하며 나는 말했다.

"세희."

"왜 이 개시발 새꺄……가 아니라, 부르셨습니까, 도련님."

"야, 너 본심 나왔다."

"본심 말입니까?"

세희는 눈을 내리깔며 바닥에 널려 있는 산산 분해된 인형을 보았다. 음! 빨리 화제를 돌리는 게 좋겠군.

"그것보다 아까 부탁한 건 어떻게 됐냐."

"직접 만나 보고 정하겠다고 하십니다."

"그러면 지금 가능하냐."

"저를 데우스마키나적인 존재로 생각하시는 도련님을 위해 해 보이겠습니다. 다만……."

세희는 말꼬리를 흐리며 내게 불안해할 시간을 주었다.

"정말로 괜찮으시겠습니까."

나는 곁눈질로 지금도 쉴 새 없이 눈물 흘리며 울고 있는 랑이를 훔쳐보았다. 그 시선으로 모든 대답이 다 되었다고 생각한다.

"알겠습니다, 도련님. 그 전에 일단 주인님께 제대로 된 설명을 해 주시기 바랍니다. 그리고 주인님. 지금 울고 계실 때가 아닙니다. 사랑하는 남자에게 버림받은 여인처럼 우는 것은 그만하시고 고개를 드시지요."

세희의 차가우면서도 어딘가 모르게 부럽다는 듯한 그 목소리에 랑이가 소매로 눈가를 쓱쓱 닦았다.

"누가 운다는 것이느냐?!"

그런 말을 하는 랑이의 눈은 붉었고 눈물 자국은 남아 있었으며 코에서는 콧물이 흘러나오려 한다. 저러면서도 당당하게 말할 수 있다는 게 정말 부럽다. 세희는 소매에서 손수건을 꺼내 랑이의 눈가를 닦아 주고 코를 풀어 준 뒤 물수건으로 마무리까지 다 한 뒤 고개를 끄덕였다. 마치 아이를 달래는 어머니같이 보여서 신기할 뿐이다. 겉으로 보기에는 나이 차이가 많이 안 나는데도 말이야. 랑이는 자신이 어린아이 취급을 당했다는 것에 불만을 가졌는지, 아니면 자신이 할 말 못 할 말 다 하게 만든 내가 미운 건지 흉흉한 안광으로 이쪽을 보았다. 물론 세희는 그러거나 말거나 여유를 잃지 않고 있지만.

"그렇다면 다행입니다. 지금 이 순간을 제대로 보시지 못한다면, 영영 후회하실 테니까요."

"도대체, 크응, 넌 뭘 하려는 것이느냐."

나는 랑이에게 말했다.

"나는 요괴들의 왕이 될 거다."

랑이는 지금 내가 무슨 말을 했는지 제대로 이해를 못 한 느낌이다. 하긴 내가 한 말을 듣고 세희 조차 다리가 풀릴 정도였으니. 머리카락으로 물음표를 만들고 눈을 동그랗게 뜬 랑이가 내게 말했다.

"그, 그게 무슨 말이느냐."

나는 랑이의 이해를 돕기 위해서 조금 더 쉽게 말해 주었다.

"내가 너 대신 요괴들의 왕을 해 먹겠다고."

'내가 요괴들의 왕이 될 거다.' 라는 말과 비교했을 때 단어의 숫자가 늘어난 게 전부지만.

"그러니까 그게 무슨 말이냐고 물었느니라!"

"말 그대로다."

"요괴들의 왕은 나이니라! 그런데 네가 어떻게 왕이 된단 말이느냐?!"

하늘에는 두 개의 태양이 뜰 수 없는 법. 나 역시 그걸 안다. 내가 이런 말을 하면 세희는 분명 '우주 어딘가에는 두 개의 태양이 뜨는 곳도 있습니다.' 같은 말이나 하겠지만.

"널 폐위시키면 되지."

"으냐앗?"

뭘 그렇게 놀라냐.

"역사적으로 봤을 때 그런 경우가 없는 것도 아니잖아?"

예를 들어 보라고 하지 않았으면 좋겠다. 그 정도까지는 모르니까.

"누구 마음대로 그러겠다는 것이느냐?!"

"반역을 허락 맞고 하는 경우 봤냐?"

랑이가 노려보는 게 무섭지만 무섭지가 않다. 노려보면 어쩔 건데?

"랑이야."

사람 말 무시하지 말라고 한 게 조금 전인 것 같은데. 이 녀석이 나이를 좀 먹었다고 주위에 보이는 게 없구나.

"범이야."

또 무시하면 가만히 넘어가지 않겠다는 마음을 가득 담아서 랑이의 이름을 부른다. 이번에는 무시할 수 없었는지 랑이는 불만이 가득 찬 모습으로 입술을 한 뼘이나 내밀고서는 대답했다.

"……왜 부르느냐."

"한 가지 물어보자. 너는 왕이 되고 싶은 거냐, 아니면 요괴들을 돌보아 주고 싶은 거냐?"

"당연히 후자이니라."

"그렇다면 네가 왕으로 있으려고 하는 건 단순히 그 목적을 이루기 위한 수단이라는 말이지?"

랑이가 고개를 끄덕였다.

"그런데 너는 왜 그렇게 왕위에 목숨을 걸듯이 집착하는 거야?"

"그, 그건……."

랑이의 눈이 빙글빙글 돌아갈 기색이라 나는 조금 더 몰아붙여 보았다.

"단순히 나에 대한 반발심이냐? 네가 왕이 아닌 평범한 요괴로 살아갔으면 좋겠다고 말한 거에 대한?"

"아니니라! 내가 왕으로 있는 게 아이들에 대한 책임을 가장 잘 질 수 있는 방법이라고 검둥이가…… 아차!"

랑이가 잽싸게 두 손으로 입을 가렸다. 나는 팔짱을 끼고 그런 랑이를 내 딴에는 흐뭇하게 바라보았다. 이내 손을 내린 랑이가 개미가 기어가는 듯한 소리로 내게 말했다.

"이, 이건 비밀이니라. 검둥이에게 말하면 안 되느니라."

"그래."

랑이는 순수하고 순진하다. 냥이 같은 검은 녀석이 속여 넘기기에는 식은 죽 먹기보다 쉬웠겠지.

"지금 내가 속았다고 생각하는 것 같으니라."

"제대로 읽었다, 야."

"속은 거 아니니라! 그런 이유도 있지만 전부는 아니니라. 아해들이 원하는 것은 내가 왕의 지위에서 자신들을 돌보아 주는 것이기 때문에 그런 것이니라!"

"그러냐?"

나는 퉁명스러운 대답을 통해 랑이의 볼이 통통하게 불어 오르도록 만들었다.

"사실 그건 별 상관없어. 검둥이가 뭐라 하든 네가 거기에 동의했다면, 그건 네 생각이 된 거니까."

배려와 존중이라는 게 이런 거겠지.

"다만, 그렇다면 내 이야기도 들어 보라는 거다. 그러면…… 조금 이야기가 길어질 것 같으니까 난 좀 앉으련다. 올라오느라 피곤해."

나는 단상에 걸터앉았다. 자연스럽게 랑이가 나를 내려다보는 꼴이 되었고 나는 아무 말 없이 내 옆을 보았다. 랑이는 으~ 하는 소리를 내며 고민하더니 털썩하고 내 옆에 앉았다. 뭔가 이런 게 너무너무 오랜만인 듯한 느낌이 들어, 너무 그리워져서 나는 랑이의 허리를 끌어안고 말았다.

"으, 으냐앗?!"

내가 그럴 줄은 몰랐는지 랑이가 꼬리를 바짝 세우며 화들짝 놀라 했다.

……나, 상처 받았어.

"가, 갑자기 무슨 짓이느냐?!"

네가 할 말이 아니지.

"뭐, 인마. 허리 좀 껴안는 게 잘못한 거야?"

"그런 건 아니지만 지금은 그럴 때가 아니지 않느냐?!"

"지난 한 달간 네가 한 행동들에 대해서 보고서를 작성해 보여 주고 싶은 이야기를 하는구나."

랑이가 볼을 새빨갛게 물들이며 말했다.

"그건 어렸을 때의 일이니라!"

"애 키워 봤자 부질없다더니……."

보란 듯이 한숨을 쉬자 랑이가 귀를 쫑긋 세웠다.

"누가 누구를 키웠다는 것이느냐. 무, 물론 성훈이가 여러모로 내게 많은 도움을 주긴 했지만 키워 준 건 아니니라."

랑이는 기세 좋게 외친 다음에 나만이 들을 수 있을 자그마한 목소리로 중얼거렸다.

"그래서야 마치 우리가 부녀 같지 않느냐."

이 귀여운 녀석을 어떻게 해야 할까. 답이 나온 나는 오른팔을 내 쪽으로 당겨서는 랑이의 머리카락을 흐트러뜨리듯 쓰다듬어 주었다.

"그, 그만! 그만하거라! 그만하란 말이니라!"

그래서 그만두었는데 왜 그렇게 아쉬워하냐.

"이 장면이 전 세계에 방영되고 있다는 사실을 잊으시면 안 됩니다, 도련님."

도중에 끼어든 세희가 보여 준 DMB에는 [요괴라 자칭하는 소녀와 의문의 소년의 관계는?] 라고 적힌 헤드라인과 나와 랑이의 모습이 비쳐지고 있었다. ……아, 잊고 있었네. 완벽하게 까먹고 있었어. 집에 가면 큰일 나겠네. 저 멀리서 떠 있는 헬기가 왜 이렇게 원망스럽게 느껴지는 걸까.

나는 헛기침을 하고 랑이에게 두른 팔을 뗐다.

"그러면 일단 내 생각을 말할게. 내 이야기를 다 듣고 동의하든, 그렇지 않든 그건 네 자유야. 난 네 의사를 존중해 줄 것을 너를 사랑하는 내 마음에 걸고 맹세할게. 그러니까 내 이야기를 듣고 감정에 치우치지 말고 이성적으로 잘 생각해 줘. 약속해 줄 수 있지?"

랑이는 고개를 끄덕였다.

"그러면."

이제 시작해 볼까.

"지금 우리 상황이 말도 못 할 정도로 복잡한 거 알지?"

각자의 사정과 이해관계와 주장과 생각이 마치 고, 고, 고…… 그, 알렉산더 대왕의 일화에서 나오는 매듭같이 복잡해져 있다. 그걸 이야기하는 데 시간을 낭비하고 싶지 않았는데 랑이가 고개를 끄덕여 줘서 다행이다.

"나는 이 상황을 해결할 수 있는 방법을 생각해 왔어."

"아까는 아니라고 하지 않았느냐."

조금 전에 내가 했던 말이 마음에 남았는지 심통이 나서는 볼을 부풀리고 딴죽을 걸며 내 발을 툭 찬다. 하지만 나도 할 말이 있지.

"그건 네가 내 옆에 남지 않았을 때의 이야기였지."

"난 아직 생각을 바꾸지 않았느니라."

"그래도 지금은 내 옆에 있잖아?"

"으~."

불만에 가득 찬 소리를 내면서도 랑이의 엉덩이는 꼼짝도 하지 않았다.

"다시 돌아와서. 그 방법이라는 게 아까 말했듯이 내가 요괴들의 왕이 되는 거야."

나는 잽싸게 랑이의 입 안에 손가락을 넣었다.

"말 다 듣기로 했지?"

랑이가 입을 닫으려는 낌새가 보이는 동시에 나는 손가락을 뺐다.

"으냐아~."

그러니까 왜 그렇게 분한 듯이 날 보냐고.

"나중에 많이 해 줄게."

그걸 또 달래는 나도 나지만. 랑이가 얌전하게 경청할 준비가 되고 나서야 나는 다시 입을 열었다.

"그러면 내가 요괴들의 왕이 될 경우에 어떻게 되는가에 대한 이야기를 해 줄게. 먼저 요괴들의 나에 대한 불만이 어느 정도 사라질 거야. 물론 인간인 내가 요괴의 왕이 되는 거에 불만을 가지는 요괴들도 없지 않아 있겠지.”

예를 들어 저 밑에 보이는 검은 호랑이 녀석이라든가.

“하지만 그건 내가 하늘의 인정을 받았다는 것으로 어떻게든 무마시킬 수 있어. 안 그러냐?”

마지막의 말은 옆에서 기다리고 있는 세희에게 건넨 말이었다.

“그렇습니다. 하늘의 인정을 받아 왕이 된 자라면 그럴 만한 자격이 있다는 말이니까요. 인정하기 싫다 하더라도 겉으로 이의를 제기할 수 있는 요괴들은 없습니다.”

“즉, 더 이상 내가 너 때문에 욕먹지 않아도 된다는 거다.”

인정할 건 인정하자.

“너도 그것 가지고 마음고생하지 않아도 된다는 말이고.”

그래야 인정하게 만들 수 있으니까. 랑이는 나와의 약속을 지키기 위해서라고 하는 듯 입을 꼬옥 다물고 아무 말도 하지 않았다.

“또, 내가 왕이 되면 내가 바라는, 랑이, 네가 평범한 요괴로서 살아갈 수 있는 미래도 충족되지.”

입이 근질근질해도 잘 참는 랑이가 대견하다.

“그리고 요괴들이 바라는 것도 이룰 수 있다. 네가 자신들을 위해, 요괴들의 세상을 열어 달라는 그 소망을.”

“그건 말도 안 되지 않느냐?!”

마음속으로라도 칭찬을 괜히 했나? 하지만 나도 이 부분에서는 랑이가 자신의 의견을 말할 거라고 예상했기에 잠자코 있기로 했다.

"아해들은 나를 보고, 내게 기대를 걸고 지금까지 버티고 있었느니라. 그런데 아무리 네가 하늘의 인정을 받아 요괴들의 왕이 된다 한들! 그 마음을 어찌 받아 줄 수 있겠느냐?!"

예상했던 반발이다.

"누가 내가 받아 준대?"

그래서 생각해 놨던 답안을 말했다.

"그건 네가 하는 거야."

"그건, 그건……."

랑이가 뭔가 말을 하고 싶은가 본데 단어가 생각이 안 나나 보다. 그래서 내가 성의 누나와 있었던 경험을 살리기로 했다.

"모순?"

"그렇느니라! 모순이니라! 너의 말은 모순되어 있느니라! 그게 어떻게 되느냐? 아해들이 바라는 건 내가 요괴들의 세상을 여는 것이지 성훈이가 그러는 것이 아니니라! ……아, 너를 믿지 못하는 건 아니니라. 하지만 아해들은 분명히 걱정하게 될 것이니라!"

"왜?"

랑이의 타당한 말에 나는 헛소리로 답했다.

"부부는 일심동체라고 하잖아."

내 말이 얼마나 어이가 없었으면 랑이는 입을 다물 생각을 하지 못했다.

"네가 나와 부부가 되면 모든 게 OK. 그러니까 이제 결혼하자, 랑이야."

아, 랑이의 정신이 나갔다. 갑작스러운 상황 변화를 받아들이지 못하고 넋이 나간 거겠지.

"랑이야?"

이제 정신이 들었는지 랑이의 온몸이 순차적으로 빨갛게 변했다. 랑이가 입을 열었을 때는 호랑이 요괴가 아닌 홍당무 요괴라고 말하는 게 알맞을 정도였다.

"그, 그, 그, 그, 그게 무슨 말이느냐?!"

"결혼하면 부부가 되잖아? 부부는 일심동체고. 내가 왕이면 너 역시 왕이나 마찬가지라는 거지. 자고로 역사는 밤에 이루어진다고, 자기 아내를 무시할 수 있는 남편은 없어. 거기다 내가 너를 깍듯이 대하는 공처가. 즉, 네 말에 꿈뻑 죽는 사람이라고 알려지게 되면 내가 무슨 짓을 하든 그건 너의 뜻이라고 요괴들도 받아들이게 되겠지."

할 말을 잃은 랑이 대신 세희가 이야기에 끼어들었다.

"……도련님. 그것은 단순한 말장난이 아닙니까."

"아니, 요괴들 사이에서 나를 인간쓰레기로 만든 네가 있으니까 난 그렇게 생각 안 해. 네 수완이면 아마 가능할 거다."

나는 웃으며 말했다.

"하늘의 인정을 받아 요괴의 왕의 자리에 오른 성훈이 알고 보니 랑이 님의 치마폭에 싸여서 벗어날 줄을 모르는 공처가였다. 이야기를 듣자 하니 바보 온달과 평강 공주처럼 인간쓰레기 성훈을 갱생시킨 뒤 요괴들의 왕의 자리에 앉게 만들었다, 라고.”

세희조차 말을 잃었다.

나는 다시금 랑이에게 말했다.

“날 기다려 온 너와 같다며?”

웃음이 나온다.

“그러면 내가 책임져야지.”

“하지만!”

랑이가 벌떡 일어났다. 앉아라, 랑이야.

“성훈이의 말은…… 생각은 너무너무 나한테 좋은 이야기 뿐이니라!”

누구냐. 누가 랑이에게 그렇게 생각하는 법을 벌써 가르쳤어?

“그게 나쁘냐?”

“내가 하고 싶은 말은 그런 것이 아니니라!”

“그러면?”

랑이가 울 듯한 목소리로 외쳤다.

“그러면 너는?!”

“내가 뭐.”

“모르는 척하지 말거라! 모르는 척하지 말란 말이니라!”

“그러니까, 뭐가.”

랑이가 불만을 토하듯 외쳤다.

"결국 네가 나 대신 고생하겠다는 말 아니느냐?!"

에고 에고. 이왕이면 랑이가 거기까지는 생각 못 해 주기를 바랐는데, 욕심이 너무 과했나. 나는 계단을 오르느라 노곤한 몸을 일으켜 세웠다.

"읏챠."

아저씨 같군.

"무슨 고생?"

"요괴들의 왕이 되는 것도! 왕이 되어 새로운 세상을 만드는 것도! 모두 네가 끌어안고! 혼자서 고생하겠다는 것이지 않느냐! 내가 네 생각을 모를 것 같았느냐?!"

"왜 혼자야?"

나는 웃었다.

"네가 있잖아."

랑이가 반론할 시간을 줄 생각은 없다.

"앞으로 있는 날들은 분명 나한테 힘들 거야. 하지만 그건 견딜 수 있는 '힘듦'이다. 네가 옆에 있으면 말이지. 그리고 그런 나를 보는 너도 힘들 거지만 그걸 위해 내가 네 옆에 있을 거다."

그리고 둘은 영원히 행복하게 살았답니다. 그 앞에는 분명 아이들의 꿈과 희망을 위해 생략된 문구가 있을 것이다. 그래.

'둘은 힘든 일이 있음에도' 같은 말이.

"널 속일 생각은 없다. 분명 난 무지무지하게 힘들어할 거야. 너 역시 그런 나를 보며 많이 힘들어할 거고."

냥이의 말이 떠오른다.

냥이는 말했다. 힘들어하는 나를 보고 랑이가 마음고생을 안 할 것 같냐고. 그때, 나는 한 마디도 못 했다. 하지만 지금은 말할 수 있다.

"하지만 우리 둘이라면, 나와 너라면, 서로를 사랑하는 우리라면 견뎌 낼 수 있을 거다."

나는 그때 냥이의 말에 대답을 못 할 수밖에 없었다. 사랑이라는 걸 제대로 알지 못했으니까. 사랑을 하면 오로지 좋고, 행복한 것이라고 생각했으니까. 그런데 서로를 사랑한다는 것만으로 힘든 일들이 일어난다고 정면으로 반박하니 할 말을 잃을 수밖에 없지.

그래서 지금은 알 것 같다. 사랑이란 상대를 괴롭히기도 하며 슬프게도 하는 것이다. 미워하고 삐치고 싸우고 의견이 안 맞아 틀어지는, 그런 가운데에서도 상대를 아끼고 위해 주고 보살펴 주는 것이다. 그걸 이제야 나는 깨달았다.

이것이 나의 사랑이다.

행복과 슬픔. 그 모든 것을 포함하는 것이 사랑이다. 그러니까 지금은 대답할 수 있다.

나는 그 고난의 가운데에서도 랑이를 사랑할 수 있고 행복하게 해 줄 자신이 있다.

"너는 그렇게 생각하지 않니?"

"그렇게 생각……. 아니, 아니!"

내 말에 거의 다 넘어왔던 랑이가 고개를 붕붕 흔든다.

칫.

"그래도 네가 힘들다는 것은 변하지 않으니라!"

나는 그 유명한 금동반, 반, 반, 뭐였지? 금동반재원상이었나? 손으로 그것과 같은 자세를 취하며 말했다.

"삶은 고통의 연속이라고 하지."

"농담할 때가 아니니라!"

"세희한테 언제 어느 때든 여유를 잃지 말아야 된다고 배웠다."

랑이가 세희 쪽을 향해 시선을 돌리는 틈을 타서 나는 말했다.

"물론 난 네가 왜 그런 생각을 하는지는 알아. 자신의 책임을 나한테 떠넘기는 것 같아서 그렇지?"

"그렇느니라. 난 성훈이가 나 때문에 힘들어하는 걸 보기 싫으니라. 나 자신이 싫어질 것 같단 말이니라! 너에게는 그렇게까지 할 책임이 없느니라!"

"랑이야, 내가 했던 말, 기억해?"

나는 말했다.

"내가 지켜 줄게."

랑이가 몸을 움찔 떨었다.

"나는 너와 처음 만났을 때 널 지켜 준다고, 즉 널 책임진다고 말했어."

"그, 그건 성훈이가 잘 모르고 있던 때에 한 말이잖느냐."

"아야의 일, 까먹었어?"

랑이는 입을 다물었다.

"내가 아무것도 몰랐다고 한들 넌 손을 잡았어. 날 믿고서. 그리고 지금이 그 어느 때보다 내가 널 지켜 줘야 할 순간이야. 그런데 인제 와서 내 손을 뿌리치지 마라. 날 자기 말도 못 지키는 책임감 없는 남자로 만들지 말아 줘."

"윽……."

랑이는 있는 힘을 짜내듯 내게 말했다.

"하, 하지만 기린의 시험은 어떻게 통과할 것이느냐. 나도 들었느니라. 그 시험을 통과하는 것은 무엇보다 힘들다고."

"그에 대해서는 제가 말씀드리겠습니다, 주인님."

"너는 아무 말도 하지 않아도 되느니라!"

랑이가 털을 부풀리며 세희를 있는 힘껏 세희를 경계했다. 마치 평소의 내 모습을 보는 것 같아서 동질감이 일어나는데, 다른 것이 있다면 세희가 상처 입었다는 거지.

"주인님, 저는 주인님의 행복을……."

"내 행복을 위한 것이지 성훈이의 행복을 위한 것이 아니지 않느냐?!"

정답이다.

"주인님의 행복이 도련님의 행복이십니다."

하지만 세희는 논술 시험을 본다면 만점을 받을 녀석이나 랑이가 당해 낼 수 없었다.

"으냐아~!"

지금 당장이라도 네 발로 엎드려서 달려들 것같이 꼬리를 바짝 세운 랑이에게 세희가 말했다.

"그럼 다시 이야기를 되돌려 기린의 시험을 통과할 방법을 단도직입적으로 말씀드리자면, 기린의 시험은 받지 않을 것입니다. 아니, 정확히 말하자면 형식적인 시험이 되겠다는 것이지요."

랑이의 입이 살짝 벌어졌다.

"으냥?"

해석하겠다.

왜 일이 그렇게 되는지 모르겠느니라.

"먼저 어떤 식으로든 인간과 요괴들이 공존하는 세상을 열고, 그 세상을 책임질 분이 필요한 것이 환웅과 웅녀의 입장입니다. 또한 주인님과의 오랜 약조가 이루어지는 것이 자신들의 뜻을 이루는데……."

나는 세희의 말을 이해할 수 있었다. 어찌 되었건 웅녀는 인간과 요괴가 조화롭게 살아갈 수 있는 세상을 만들어 갈 책임자가 필요하다. 그것이 환웅을 위한 것이니까. 그렇다면 자신의 제안과는 다르지만 내가 요괴들의 왕이 되는 것에 도움을 주지 않을 이유 또한 없다.

하지만 랑이는 랑이였다.

세희는 랑이의 머리카락이 물음표가 된 것을 보고는 잠시 입을 다문 뒤 다시 말했다.

"주인님. 제가 소싯적에 어떤 인간이었는지 기억하십니까."

랑이가 고개를 끄덕였다.

"그때의 연이 지금까지 이어져 있습니다."

"아, 그러하구나."

이번에는 내 머리카락이 물음표가 되었다.

"뭔 소리야?"

"나중에 아시게 될 겁니다."

그 나중이 몇 년 후일 것 같으니 관두자. 지금 중요한 건 랑이가 이야기를 알아들었다는 거다. 지금은 그것으로 충분하다.

"세희야."

"예, 도련님."

"이제 설명은 된 것 같은데?"

세희는 나를 무시하는 일이 많다.

"도련님의 설명이 충분하시다면 1번을, 보충이 필요하시다면 2번을, 다시 듣고 싶으시면 우물 정자를 눌러 주시면 됩니다."

"2번! 2번이니라!"

"그렇다고 하십니다, 도련님."

한숨이 나왔다.

으음…….

"내가 보기에는 그런 문제가 아니야. 설명은 충분해. 이제는 설명보다 나를 믿고 따라오게 만드는 게 먼저일 것 같은데?"

랑이가 눈을 좁히며 뒤로 살짝 물러나면서 나를 경계했고 세희는 어깨를 으쓱하며 말했다.

"그렇게 생각하신다면 뭐라도 좀 해 보시지요."

그래서 그렇게 했다.

"우우우웁?!"

내 행동이 꽤나 당황스러웠는지 랑이의 몸이 뻣뻣하게 굳어 버리는 걸 느낄 수 있었다. 하지만 이내 내 등을 손바닥으로 탁탁 치거나 허리를 잡고 밀치거나 머리를 이리저리 움직이며 어떻게든 지금 상황에서 벗어나려고 노력했다. 하지만 나는 꼼짝도 하지 않았고 랑이는 이내 몸을 바르르 떨더니 추욱 늘어져 버리고서는 지금 현 상황을 받아들였다.

그리고 잠시 후.

사냥꾼이 놓아준 호랑이가 어흥 하고 짖었다.

"무, 무, 무, 무, 무슨 짓이느냐?!"

얘가 나이를 먹었더니 조금 달라지긴 했구나.

"뭐가."

"이, 이, 이, 이, 이런 곳에서! 너, 너, 너, 너는 세상의 안목을 신경 쓰지 않는 것이느냐?!"

"신경 쓴다. 그래서 한 거야."

나는 새빨갛게 볼을 물들인 랑이에게 보란 듯이 입술을 혀로 핥았다.

“나는 전 세계에 내가 널 어떻게 생각하는지, 내게 있어 네가 어떤 존재인지 보여 줬다. 내가 어떤 일이 있더라도 널 책임질 사람이라고 알린 거야. 이미 내 마음은 충분히 네게 전했는데도 날 믿을 수 없다면 그다음은 외적인 도움을 받아야지.”

“그, 그래도! 아, 안 되느니라! 나는, 나는 네가…….”

말을 끊는다.

“계속 그런 말을 하면…….”

나는 거침없이 셔츠의 단추를 위에서부터 하나하나 풀었다.

“더한 걸 할 수밖에.”

아버지, 어머니. 당신의 아들은 이제 더 이상 돌아올 수 없는 강을 건너게 될 것 같습니다.

“무, 무, 무, 무, 무, 무, 무, 무, 무, 무, 무, 무, 무슨 짓을 하려고?!”

“섹스.”

랑이가 굳어 버렸다.

나는 친절하게 랑이가 머리를 붕붕 흔들어 정신을 차릴 때까지 기다린 뒤 말했다.

“키스로는 네게 믿음을 주기에 모자란 거 아니야?”

“아, 아니니라! 난 세상에서 누구보다 성훈이를 믿고 있느니라!”

"그런데 뭐가 문제냐."

"그렇다 한들!"

"랑이야."

나는 랑이가 하려는 말을 알고 있다.

"나는 괜찮다고 했다."

랑이가 입을 다문다.

"날 진심으로 믿는다면, 네가 할 일은 내 손을 잡아 주는 거다."

"하, 하지만……. 난……."

셔츠를 벗는다. 신발을 벗는다. 양말은 놔둔다. 벨트를 푼다. 지퍼를 내린다. 바지를 벗는다. 팬티에 손을 댄다.

내가 했던 말을 이렇게 지키게 될 날이 올 거라고는 상상도 못 했다. 그것도 마을이 아니라 전 세계에 생중계되는 앞에서 이런 짓을 할 거라고는 신도 몰랐을 거야.

나는 심호흡을 하고 손에 힘을 준 뒤 과감히 팬티를 한 번에…….

"하, 하지 말거라! 벗지 말란 말이다! 잡으면, 잡으면 되지 않느냐?!"

내리지 않았다.

"알겠느니라! 믿으니라! 널 믿으니까 그만하거라! 우, 우리의 소중한 첫날밤을 이런 식으로 보내기는 싫으니라!!"

나는 팬티에서 손을 때고서 랑이에게 손을 내밀었다.

랑이는 내 손을 잡지 않고 주먹을 쥔 채 꼬리를 부풀리고 귀를 쫑긋 세웠다.
"으냐아아~!! 진짜! 진짜 성훈은 너무하느니라! 이건 협박 아니느냐?! 완전 협박이니라!"
옆에서 세희가 역시 오라버니의 핏줄답다고 말하는 건 못 들은 척하자.
"응. 협박이야."
"당당하게 말하지 말거라!"
랑이가 소리를 화를 내든 말든 나는 손을 내리지 않았다.
손을 물끄러미 바라보던 랑이가 말했다.

"……정녕, 괜찮은 것이느냐."

"나는……. 사실 나는 지금도 잘 모르겠느니라."

"네 손을 잡아도 되는지 모르겠느니라."

"이 선택이 우리를 아프게 만드는 게 아닐지, 그 두려움이, 불안감이,"

"지금도 내 마음속에 남아 있느니라."

"그래도……. 그래도……. 나는……,"

나는 손을 조금 더 높이 들었다. 랑이는 불안하게 내 손을 바라보았다.

하지만.

눈을 감았다 뜬 랑이의 황금빛 눈동자에는 나에 대한 신뢰와 믿음, 그리고 굳은 의지가 담겨 있었다.

"나는 너와 함께 가겠느니라."

랑이는 나의 손을 잡지 않았다.

"나는 오늘부터 영원히 너의 곁에서, 서로 맞잡은 두 손을 놓지 않고, 너를 지탱해 주며, 네게 의지하며 살아갈 것을 하늘에 맹세하느니라."

나는 스스로 품에 안겨든 랑이를 꼬옥 껴안아 주며 우리를 힘들게 만들었던 가장 큰일이 이제 끝이 났음을 실감시켜 주…….

잠깐.

잠깐만.

문제가 생겼어!

나는 급하게 랑이의 몸을 밀었다.

"으냐앗? 왜 그러느냐? 심술궂도다. 좀 더 지아비의 품에 안겨서……. 응? 이 말 언제 한 것 같은데 잘 기억이 안 나느니라."

나는 랑이가 고개를 갸우뚱거리며 기억을 되살리는 덕분에

시간을 벌었다.

이, 이 녀석이 왜 이러냐? 지금까지 랑이한테 이런 적은 없었는데! 도대체 왜 지금 같은 상황에서 슬금슬금 용트림을 시작하냐고! 그것도 팬티 한 장 차림으로!

가라앉아라, 가라앉아라! 눈치채기 전에 가라앉으라고!

"옛날부터."

히이이익!

"자기 뜻대로 안 되는 일을, 주옥같네, 라고 비유하곤 했습니다."

친절한 설명 고맙다!!

나는 랑이가 내 상황이 조금 이상하다는 것을 눈치채지 못하게 하기 위해 급하게 화제를 돌렸다.

"그, 그보다! 그, 기린의 시험이라는 걸 받아야 되잖아, 아직!"

"아!"

까맣게 잊고 있었나 보다. 나도 조금 전까지 그랬으니까 할 말이 없기는 하지만.

"역시 잔머리 돌리는 속도는 타의 추종을 불허하시는군요."

내가 그거 하나 때문에 지금까지 살아 있거든.

"됐으니까 빨리 연락해 봐. 빨리 다 끝내고 좀 쉬고 싶다."

"알겠습니다."

세희가 하늘을 바라보며 한쪽 팔을 높이 들었다. 그 상태로 가만히 있던 세희는 잠시 후. 팔을 갈무리하고서는 옷을 챙겨 입은 나를 향해 말했다.

"자고 있는 것 같습니다."

"야."

내가 지금 뭐 때문에 바지까지 벗어야 했는데?

"늦잠꾸러기라 어쩔 수 없습……. 아, 연락이 왔군요."

세희는 말하다 말고 다시 손을 하늘로 뻗고서는 한숨을 쉬었다.

"그렇게 두드려 깨웠는데 이제 일어나셨습니까. 예. 해 주셔야 할 일이 있습니다. 제가 기린님께 부탁드릴 일이 뭐가 있겠습니까. ……싫습니다. 몇 번이나 말해야 되는 겁니까. 그만 꿈 깨고 일어나시지요. ……싫다고 했습니다. 예. 제가 주인님으로 모실 만한 인간입……."

세희의 말이 채 끝나기도 전에.

……이걸 뭐라고 표현해야 할지 모르겠다. 눈앞에 아무것도 없던 곳이 비눗방울같이 일렁이더니 한 번도 본 적 없는 생물이 튀어나왔으니까. 이마에는 뿔이 하나 돋아 있고 사슴같이 생긴 몸에 등에는 말과 같은 갈기를 가지고 있다. 털이 알록달록한 게 한 가지 색이 아니라 몇 개는 되는데 그 기이한 생김새와 어우러지니 너무나 신비롭게 보인다.

이것이 하늘의 사자, 신수라 불리는 기린이구나!

그 기린이 입을 열었다.

"흐아아아암~. 졸린데 귀찮게……. 세희 **쨩**, 너 나한테 빚진 거야."

"여기가 일본도 아니고 사람 이름 뒤에 쨩이라는 호칭을 붙이지 마시죠."

"히도이요, 세희 쨩. 와따시노 아이와 이따이 데스네~."

"되지도 않는 일본어 그만하라고 했습니다."

"야메롱~ 그런 세희는 모오 야메롱다~."

……뭐지.

도대체 뭐냐.

도대체 뭐냐고, 이건.

근엄하고 신비로운 목소리와는 달리 그 내용은 평범한 극성 오덕의 그것이었다. 이런 게 기린이라고? 이게 말이 되냐?!

……아니지.

말하는 호랑이도 있고 홈쇼핑 중독 용도 있는 세상에 오덕 신수라고 특이할 건 없다.

지금까지 봐 왔던 것들을 떠올리니 나는 지금 이 상황도 여유 있게 받아들일 수 있게 되었다.

"이게 다 세희 쨩이 빌려 준 애니 탓인걸!"

"폭력적인 게임 때문에 살인마가 되었다는 주장과 똑같은 수준의 말씀은 그만하시고 본업에 충실해 주시지요."

"그럴까? 아직 졸리니까, 대충 하고 이끼마스~."

그리고 기린이 나를 향해 목을 돌린 순간. 내 모든 것을 샅샅이 드러낸 듯한 기분이 들어 나는 숨이 막힐 것만 같았다.

"크어어엉!"

랑이의 포효 소리가 없었다면 나는 제정신을 차릴 수 없었을 것이다.

"내 낭군님께 무슨 짓을 하는 것이느냐?!"

기린이 말했다.

"쓰미마셍~."

"무슨 소리이느냐?!"

"미안하다고. 아무리 우리 사랑스럽고 순진하고 순박하고 순수하고 고귀하고 고결하며 아름다운 세희 짱의 부탁이라고 해도 왕이 될 자가 어떤 이인지는 알아 놔야 해서 어쩔 수가 없었답니당! 그러니 그렇게 화내면 다.메.요?"

어이가 없는 소리에 황당한 말투 때문에 나와 랑이는 뭐라고 말도 못 하고 입만 벌린 채 시선을 세희에게 향했다.

세희는 이마에 손을 대며 깊은 한숨을 내쉬었다.

"……그러니까, 그 애니로만 배운 일본어는 그만하라고 했습니다만."

"내 마음이Ya."

사실대로 말해서 난 이 촌극을 더 이상 보고 싶지 않다.

"그래서 어떤데?"

이야기에 끼어들어 자기 판단대로 자신이 할 말을 전한다. 그리 좋아하는 화법은 아니지만 할 수밖에 없잖아. 이렇게까지 했는데도 무시당하면 슬퍼지지만 다행이 그런 일은 일어나지 않았다.

"우훗, 이이 오토코. 야라나이까."

차라리 무시당하는 게 좋지 않았을까.

"무슨 소리야."

"에? 못 알아들었어? 혼또?"

왜 내가 지금 바보 취급당하고 있는 거지?

"그래, 모르겠다."

"너, 일단 왕 해도 된다는 말이었어."

너무나 간단한 말에 내가 조금 어이가 사라졌다.

"……진짜?"

도대체 냥이가 했던 말은 도대체 뭐였던 거야. 날 겁주려고 일부러 그렇게 장황하게 말했던 건가? 그렇게 생각하면 또 있지 말라는 법은 없어서 혼란스럽다.

"신지떼."

영어도 못하는 나에게 일본어는 너무 어렵다.

"그것보다 세희 쨩. 나 슬슬 의식한 뒤에 가도 될까? 이십 년 동안 애니 보다가 이제 잠들었다고."

"가셔도 됩니다. 아니, 제발 좀 가 주셨으면 좋겠군요."

세희가 불청객을 내쫓듯이 손을 휘휘 젓는다. 이러다가 말 한 마디 못 하겠네.

"아니, 잠깐만. 너무 왕 되는 게 간단한 거 아니야?"

"우리 **러브러브리** 세희 쨩이 부탁하는데 와따시가 도시요?"

내가 국어 시간에서도 안 하는 문맥을 통해 단어의 뜻을 유추해 내는 짓을 하다니.

"물론 하늘도 어느 정도 괜찮다고 생각하는 것 같으니까 하는 말이야. 그편이 섭리를 따르는 데 좋으니까. 어차피 인간과 요괴는 조화를 이루면서 서로에게 녹아들어야 해. 그렇다면 지금 상황에서 너를 왕으로 삼는 게 하늘의 입장에서도 가장 좋지."

기린이 정상적인 말투로 이야기하며 허공을 밟으면서 내게 걸어왔다. 랑이가 그 앞을 가로막았지만 나는 조심스럽게 그 손을 잡아당겼다. 랑이가 걱정스러운 눈으로 나를 바라보았지만 나는 고개를 흔들었다. 기린이 나에게 해를 끼칠 거라고는 생각되지 않으니까.

"알겠느니라."

랑이는 고개를 끄덕이고 내 앞에서 자리를 비켰다.

가까이에서 기린을 보니 그 기이함과 신령함 때문인지 고개를 조아려야 할 것 같은 느낌이 들었다.

"후훗, 혼또니 이이 오토코."

……그 오덕스러운 말투만 아니면 말이지.

"강성훈."

"왜."

기린이 목을 숙여 내 어깨에 머리를 기댄다. 반대쪽에도 그리 한 뒤 기린은 몸을 뒤로 힘껏 젖혔다. 순간적으로 저 앞발을 피해야 할까 생각이 들었지만 이내 괜찮을 거라는 이유 없는 믿음이 들어 난 가만히 있었다.

그 사이.

기린이 뭐라 말로 표현할 수 없는 소리를 내며 울었다.

그건 참 기묘한 울음소리였다. 웃는 것도 같았고 우는 것도 같았으며 분노하는 것이기도 하고 즐거워하는 것이기도 했다.

천지를 진동시킨 그 울음소리가 잦아들고 기린은 영롱한 눈으로 나를 바라보며 말했다.

"이것으로 넌 하늘의 인정을 받은 왕이 되었어. 아, 그리고 세희 쨩."

기린이 시선을 돌리자 세희는 말 그대로 벌레 씹은 듯한 얼굴로 변해 갔다.

"뭡니까."

그 시선을 마주 보며 기린은 웃었다.

"축하해."

나는 말같이 생긴 동물이, 이제는 신수라고 부르기도 싫은 동물이 두 발로 몸을 지탱한 채 상체를 들어 올리고 앞발로 박수를 치며 스르륵 사라지는 꼴을 보게 되었다.

적막이 맴돈다. 오늘 하루 동안 많은 일들이 있었고 계속해서 롤러코스터를 탄 기분이 들었지만 이건 너무 번갯불에 콩 구워 먹은 기분이 든다.

이래도 되는 건가?

천하의 나도 단숨에 진행된 일에 정리가 안 되고 있는데 랑이는 어떻겠어.

"장하느니라!"

전언 철회.

랑이는 그 어느 때보다 반짝반짝 빛나는 눈동자로 나를 바라보고 있었다.

"에?"

"방금 기린의 말을 못 들었단 말이느냐?"

……일본어로도 모자라 요괴어까지 익혀야 되는 건가.

"뭐라고 했는데?"

"네가 하늘의 인정을 받아 요괴들의 왕이 되었다는 말을 했느니라!"

랑이가 내 두 팔을 잡고서는 빙글빙글 돈다. 내 머리도 빙글빙글 돈다.

에, 음, 아, 그러니까.

여러분. 제가 뭔가 허탈하게 요괴들의 왕이 되어 버렸습니다. 이렇게 한차례 소동이 끝난 것 같네요.

"뭐가 불만입니까. 대관식이라도 올려 주기를 바랐던 겁니까? 아니면 다른 문제라도 있었으면 좋겠습니까?"

시끄러.

끝마치는 이야기

점수를 올리는 건 힘들지만 떨어뜨리기는 쉬운 것처럼, 계단을 내려가는 것은 올라오는 것과 비교할 것도 없이 편했다.

"으아아아아아악!!"

랑이가 나를 공주님처럼 안고 뛰어내렸으니까.

난 이제 놀이 기구가 무섭지 않아.

"뭘 그렇게 무서워하느냐~! 나를 믿거라!"

머리카락을 거꾸로 휘날리며 웃는 랑이와 세희의 품에 안겨 쿨쿨 잠들어 있는 바둑이와 달리 나는 점점 더 가까워지는 지면에 겁을 먹을 수밖에 없었다. 그러는 가운데에서도 나는 뭔가 이상한 것을 깨달을 수 있었다.

없다. 계단을 지키고 있어야 할 검은색 호랑이가 사라져 있다.

"응? 검둥이는 어디 갔느냐?"

"주인님과 도련님을 볼 낯이 없어서 자리를 피한 게 아닐까

합니다.”

“흠. 아쉽구나. 하고 싶은 이야기가 많았는데.”

지금 자유 낙하 중에 나누는 대화라고 생각할 수 없을 정도로 평온하구나, 너희들은. 특히 세희는 기울어진 ㄴ과 같은 자세로 떨어지며 한 손으로는 바둑이를 안고, 다른 한 손으로는 치마가 뒤집어지지 않도록 신경 쓸 정도다.

내가 그 정도의 여유를 되찾을 수 있었던 것은 두 발이 땅에 닿은 이후였다.

“주, 죽는 줄 알았네.”

이런 경험이 한두 번 있는 건 아니지만 도저히 익숙해질 기미를 보이지 않는다. 나는 바람에 휩쓸린 옷매무새와 머리를 정돈하며 주위를 둘러보았다. 아무도 없어서 다행이다. 곰의 일족이 통제를 잘 해 주고 있구나.

“그러면 저는 잠시 할 일이 있기 때문에 자리를 비우겠습니다. 두 분께서는 먼저 돌아가시지요.”

불길한 말을 하네.

“뭔데?”

“뭐겠습니까?”

“모르겠는데.”

“……더 이상 세간의 시선을 신경 쓰지 않는 도련님다운 말씀이셨습니다.”

세희의 말을 듣고 나니 뭔가 알 것 같다.

“아, 그런 거였냐.”

"곰의 일족, 정부 관계자, 성전기사단, 피스메이커, 사수좌, 상부, 오리진 등. 현 사태를 지켜보는 조직들과의 회의가 준비되어 있어서 말이죠."

뭔가 알 수 없는 곳들이지만 적어도 내가 할 말은 알 수 있었다.

"내가 저지른 일이니 나도 같이 가겠느니라. 내가 책임져야 할 일이 아니겠느냐."

내가 할 말을 빼앗아 가지 말아 줘.

"바둑이와 같이 가는 것이 편합니다. 또한, 늦든 이르든 언젠가는 벌어질 일이었으니 신경 쓰지 않으셔도 됩니다, 주인님."

"음……. 네가 그렇게까지 말하면 그러한 것이겠지. 알겠느니라. 그럼 빨리 갔다 오거라. 바둑이, 너도 세희를 잘 도와주거라."

"알겠습니다."

"음냐음냐……."

바둑이한테는 잠귀신이라도 붙은 거냐…….

하지만 세희는 바둑이가 자거나 말거나 언제나와 같이 눈 깜짝할 사이에 자취를 감추었다.

"그럼 우리도 집에 가자."

"응! 나도 빨리 가서 쉬고 싶으니라!"

……동감은 하는데 그렇다고 해도 날 안아 들지는 말아 줘.

그런 내 생각은 스쳐 지나가는 바람과 함께 사라지게 되었다.

내 생명이 스쳐 지나가는 바람과 같이 사라질 뻔했다.

"자, 잠깐! 나래 님! 일단 설명을!!"

"녹화까지 해 놨는데 변명은 무슨 변명!"

화가 나서 삽을 휘두르는 나래의 뒤로 페이가 들고 있는 마이패드에 내가 랑이에게 키스하는 장면과 옷을 벗는 모습이 절찬리 상영되고 있었다.

하하하핫, 제3자의 입장에서 보니까 완전히 발정 난 개 같네요.

"그게 다 이유가 있는 겁니다!"

"내가 널 죽이려는 것도 다 이유가 있어!"

휙! 휙! 나래의 삽질을 가까스로 피하는 나 자신의 신체 능력이 정말 고마울 뿐이다.

"해 버리는 거예요! 한 방 날리는 거예요!"

페이의 옆에서 권투 경기를 좋아하는 마니아처럼 레프트, 라이트를 날리는 치이를 보고 있자니 격세지감이라는 사자성어가 떠올랐다가 코끝을 스치는 삽날에 금세 사라졌다.

[삽은 2차 세계 대전 때 가장 많이 애용된 무기.]

쓸데없는 밀리터리 지식 감사하구나!

"이, 일단 이야기라도 다 들어 달라고!"

"나중에 들어 줄게. 일단 죽이고!"

"죽은 상태에서 어떻게 말을 해?!"

"강령술 배울 거니까 걱정 마!"

나래의 눈동자에 생기가 없는 것을 보아 아무리 봐도 진심인 것 같다. 그렇다면 나도 이제 진심으로 나래에게 답해야지.

그리고 나는 이런 상황에서 선수를 빼앗기는 경우가 종종 있다.

"내가 잘못하였느니라!"

나래의 삽이 바로 내 코앞에서 멈췄다.

"랑이야."

나래의 삽이 멈춘 것을 이용해 슬쩍 고개를 뒤로 빼서 옆을 바라보았다. 거기에는 이마를 땅에 댄 채 엎드려 절하고 있는 랑이가 있었다.

"내가 괜한 고집을 부려서 성훈이가 그렇게 한 것이니라. 그러니까 모든 잘못은 내게 있느니라."

나래는 착하고 상냥한 아이다.

"그래. 너도 잘못했어."

……내가 조금 전에 뭐라고 했지? 잘 기억이 안 나네.

"랑이, 너도 혼 좀 나야 해. 아무리 화가 나도 그렇지 가출이 뭐야, 가출이?"

"미안하느니라."

"그렇게 우리가 못 미더워? 성훈이한테 화가 나서 얼굴 보기 싫으면 저 바보를 내쫓으면 되는데 왜 네가 집을 나가?"

"……저기, 일단 여기는 저희 집인데요."

"그래서?"

멈춰 있던 삽날이 1cm 전진하며 내 코를 찔렀기에 나는 딴

죽을 그만두었다.

"아, 아닙니다."

"말 끊지 마."

"예."

나래의 시선이 랑이를 향하는 것으로 나는 화재 난 집에서 발등의 불을 끈 사람의 기분을 느낄 수 있었다.

"랑이야."

"응."

"난 네게 믿고 의지할 수 있는 언니도 되지 못했던 거니? 나만 그렇게 생각한 거였어?"

"아니니라. 내가 잘못했느니라. 그런 말 하지 말거라. 나래는 내 소중한 사람이니라."

그리고 이내 랑이가 훌쩍이는 소리가 들려왔다. 있는 힘껏 울음을 참느라 끄윽, 끅, 이런 소리만 들려서 더 처량하게 보인다. 나는 나래가 한숨을 쉬고 치이와 페이와 아야에게 눈짓을 주는 것을 볼 수 있었다. 나래의 뜻을 먼저 이해하고 나선 것은 아야였다.

"더 혼내. 저 밥보는 자기가 무슨 짓을 했는지 아직도 모르니까."

문제는 아야는 랑이와 그다지 사이가 좋지 않다는 거지. 덕분에 뿜어져 나온 나래의 뜨거운 시선에, 아야는 자신의 말에 죄책감이 든 랑이와 같이 몸을 움찔 떨어야 했다.

"왜, 왜?! 자기가 가출해서 우리 아빠 걱정하게 만든 것도 그렇고! 우리들 다 걱정하게 만든 건 저 나쁜 애잖아! 내가 뭘 잘못 말했다고 그래?"

그러니까 아야도 걱정이 되었다는 말이다. 그걸 알았는지 페이가 슬쩍 아야에게 다가가 머리를 쓰다듬으며 글을 썼다.

[좋은 홍혜롱 잘 먹었음.]

"……홍혜롱이 뭐야?"

아야가 궁금해하고 페이가 대답하려는 사이에 치이가 슬쩍 랑이에게 다가가서 등에 손을 대며 말했다.

"아우우우, 나래 언니. 이제 그만하시는 거예요. 랑이 님도 이제 반성 많이 한 거예요."

역시 치이다. 우리 착한 동생. 나는 남몰래 엄지를 추켜올렸다.

"그렇죠, 랑이 님?"

"내가 잘못, 끅, 생각했느니라. 뭐라 할 말이, 흑, 없느니라."

"그러니까 그만 화내시는 거예요. ……오라버니에 대한 이야기는 다르지만요."

치이는 나를 매서운 눈으로 노려보며 엄지를 거꾸로 내리는 것으로 답해 줬다.

"그러니까 랑이 님은 그만 일어나는 거예요."

치이가 랑이의 허리를 두 팔로 끌어안고 낑낑대며 몸을 일으켜 세웠다.

전에도 이야기한 것 같은데, 아무리 예쁜 애라고 해도 눈물

콧물을 질질 흘리고 이마가 흙투성이가 되면 보기에 안 좋다. 그렇게 생각한 사람은 나뿐만이 아닌지 나래는 일부러 들리라는 듯 크게 한숨을 쉬고서는 말했다.

"알았어, 랑이야. 다시는 이런 짓 하면 안 되는 거다?"

"응, 크응, 알겠느니라."

"그럼 들어가서 씻어. 여자애가 그런 꼴 하는 거 아니야."

나래가 랑이의 머리를 쓰다듬어 주며 눈짓을 주자 치이가 고개를 끄덕였다.

"씻으러 같이 가는 거예요."

"훌쩍."

랑이는 옷소매로 눈물을 닦으며 치이의 인도를 받아 집으로 들어갔다. 키 차이가 많이 나는 치이가 랑이를 보살피고 있는 상황을 옆에서 보고 있자니 조금 이상한 기분이 든다. 그런 기분은 날려 버리고 나도 이제 슬슬…….

"아직 안 끝났거든?"

기분 탓인지 나래가 내 쪽으로 고개를 돌리는 동시에 삽날이 반짝하고 빛나는 것 같았다.

"저기, 저는……."

"일단 너희들은 들어가 있어."

나래의 찬바람이 부는 목소리에 뭔가 알 수 없는, 홍혜롱의 단어의 기원과 뜻, 그리고 적절한 예시에 대한 이야기를 나누던 페이와 아야가 고개를 끄덕이고서 집 안으로 도망치듯 들어갔다. 아야는 우리 집에 온 지 얼마 되지도 않았는데도 어느새 분위기라든가, 위계질서에 대해 잘 파악한 것 같아서 아빠 된 입장에서 상당히 기쁘다.

"딴생각할 여유가 있나 봐?"

"없습니다!"

나는 재빨리 사고를 되돌렸다. 나래는 흥, 하고 코웃음을 치고 삽을 땅에 내려찍었다. 스르릉 소리를 내며 잘 다져진 마당의 흙에 자루까지 파고든 삽을 보자니 나래는 삽질을 참 잘 할 것같이 보인다. 그래. 사람 하나 정도는 쉽게 묻을 수 있는 구덩이를 파는 데 30분도 안 걸릴 것 같아.

"성훈아."

나래가 내 앞에 쭈그려 앉았다.

"……예."

"이번 일을 이해 못 하는 건 아니야."

"못 하셨다면 저는 이미 죽었겠죠."

"잘 아네."

왜 미소가 미소답지가 않을까요.

"그런데 성훈아."

"예."

"나도 슬슬 한계야."

그건 경고이자 선언이었다.

"알겠지?"

"……알았어."

나래가 자리에서 일어나며 한탄하듯 말했다.

"나도 참, 미련이 많네."

……동부 선의 문제를 해결하니 서부 선에서 원자 폭탄이 터지게 생겼습니다.

어제와 오늘.

연이어 터진 일들로 다들 너무 많이 지쳐 있어서 그런지 나래와 치이가 차린 저녁을 먹은 뒤, 누가 먼저라고 할 것 없이 다들 잠자리를 찾아 가게 되었다.

그러면 이제 내게 어떤 일이 일어났는지 말 안 해도 알겠지.

"같이 자러 가자꾸나."

"……."

나도 그러고 싶은 마음은 굴뚝같지만 아직 할 일이 없기에 그럴 수 없다는 것이 참 아쉽다.

"미안해, 랑이야. 오늘은 먼저……. 잠깐, 잠깐. 내 말 중 어디에 널 울릴 부분이 있었냐?"

"크흥, 같이 안 잔다고 하지 않았느냐."

……네가 처음으로 부모님과 따로 자게 된 아이도 아니고.

"그런 게 아니야."

"그럼 무엇이느냐?"

"아직 세희가 안 와서 그래."

랑이의 머리카락이 물음표가 되었다.

"응? 그러면 내가 부르면 되지 않느냐?"

말리지 않으면 실제로 그럴 분위기라 나는 고개를 흔들었다.

"아직 일이 있으니까 못 오는 거겠지. 부르지 마."

"아, 세희도 그렇게 말했느니라. 오늘은 좀 늦게 돌아온다고, 걱정하지 말라고 하였느니라."

내가 늦었군.

"그러니까 먼저 들어가서 자고 있어. 세희가 오면 나도 자러 갈 테니까."

"……그러면 나도 같이 기다리겠느니라."

나는 랑이를 달래기 위해 미소를 지으며 말했다.

"랑이는 나보다 피곤하잖아?"

이럴 때는 또래의 여자아이를 대하는 기분이 들지 않아서, 뭐라고 할까…….

"우~. 성훈이는 아직도 나를 애 취급하느냐."

그걸 또 야성의 감으로 눈치챈 것 같다.

"그래?"

랑이는 말없이 고개를 끄덕였다.

"어쩔 수 없잖아."

지금처럼 볼을 부풀리는 모습을 보고 있자면 랑이가 애로 느껴진다고.

문제는 신체 접촉을 하면 내 몸은 그렇게 느끼지 않는다는 거지만. 그래서 지금도 일부러 약간은 거리를 두고 앉았고, 머리를 쓰다듬어 주지도 않고 있다.

남자의 몸이라는 건 참 신기하거든요.

내 신체 기관인데도 뇌가 제대로 통제를 못 하는 것에 대한 울분을 속으로 터트리고 있을 때, 랑이가 말했다.
"……묻고 싶은 게 있느니라."
"뭔데?"
"솔직하게 대답해 주거라?"
랑이의 눈이 반짝인다. 불안해지네. 설마 눈치챘나. 지금 일부러 떨어져 앉아 있는 상황에서도 내 몸이 발정 난 개처럼 굴려고 하고 있다는 것을.
"응."
"너는……. 내가 아이의 모습이었으면 좋겠느냐?"
"……응?"
이게 무슨 소리래? 내가 로리콘도 아니고 그럴 리가 있나.
"아니? 난 지금이 더 좋은데."
비록 어린 랑이의 머리를 쓰다듬거나 안아 주거나 뽀뽀해 주거나 배를 만지작거리거나 엉덩이를 툭툭 친다거나 말랑말랑한 귀를 만지작거릴 수 없다거나 이제 막 솟아오르는 가슴의 바로 밑까지 손을 넣을 수 없다거나 옆구리를 간질이거나 허벅지를 쓰다듬어 주거나, 그런 것들을 더 이상 할 수는 없지만 말이야.
"……알겠느니라."
랑이는 내 말에 고개를 끄덕이고서는 소파에서 일어났다.
"그러면 먼저 자겠느니라. 세희가 너무 늦게 오면 기다리지 말고 너도 잠들거라."
"알았어."

나는 미소와 함께 랑이를 보내 주었다.

하지만 늦은 밤. 시침이 1을 가리킬 때쯤에야 술병을 들고 대문을 열고, 복날의 개처럼 뻗은 바둑이를 마당에 던져 놓은 뒤 집에 들어온 세희를 맞이할 때는 달랐다.

"……수고했다."

평소의 단아한 모습은 어디 갔는지, 세희의 머리카락은 헝클어져 있고 한복에는 이곳저곳 흙까지 묻어 있다.

"후우."

세희는 한숨을 대답으로 대신하며 소파에 털썩 앉고는 술을 병째로 마셨다.

"안주라도 가져올까."

"그럴 때는, 큭, 주안상을 올릴깝쇼, 라고 말하는 겁니다. 히히힛."

평소와 다르게 높아진 목소리와 풀린 눈동자, 그리고 웃음에 오한이 들었다.

"……취했냐."

"……일부러 한 짓입니다. 그렇게 기겁하시지 마시죠."

정말로 장난이었다는 듯 목소리와 눈빛이 평소와 같아졌다.

"꼴은 왜 그러냐."

"원래 정치하는 것들과 말을 섞다 보면 주먹도 섞는 법입니다."

우리나라 국회에서 일어나는 일들을 알다 보니 뭐라 할 말이 없다.

"궁금한 것은 저에 대한 것이 아닐 텐데요."
"그런 꼴로 돌아왔는데 걱정이 앞서는 게 정상이지."
세희의 입가에 미소가 감돈다.
"그러니까 저를 품에 안으시는 건 2부에서나 가능하다고 했습니다."
"그럴 생각도 없다."
나는 괴상한 화제는 딱 잘라 버리고 궁금한 것을 물어보았다.
"어떻게 됐냐."
내 포괄적인 질문에 세희 역시 포괄적인 대답을 들려주었다.
"잘 되었습니다."
그러면 믿어야지.
"알았어. 수고했다. 들어가서 푹 쉬어."
"아직 이야기가 끝나지 않았습니다. 그런 식으로 얼렁뚱땅 넘기려고 하시면 안 됩니다."
"……그럴 생각은 없었는데. 네가 말 안 해 줄 것 같아서 그랬다."
"말은 안 합니다."
세희가 소매에서 손을 집어넣더니 종이 한 장을 꺼냈다.
"정리해 왔으니 읽어 보시지요."
……준비성도 철저해라.
"전 피곤하니 이만 가 보겠습니다. 도련님, 좋은 꿈을 꾸시기를."
세희는 무릎에 손을 대고 일어나 나래의 방으로 걸어갔다.

……잊었겠지만 원래 세희도 랑이와 함께 나래의 방에서 잔다. 그 지친 등에서 고개를 돌려 건네준 종이에 집중하려고 할 때.

"도련님."

세희의 나지막한 목소리가 들려왔다.

"응?"

"그동안 수고 많으셨습니다. 앞으로도 저희들을 잘 부탁드립니다."

"……에?"

내가 잘못 들었나 물어볼 시간도 주지 않고 세희는 방으로 들어갔다. ……내일은 해가 서쪽에서 뜨려나. 아니, 내일은 내일의 해가 뜨겠지.

나는 종이를 읽어 보았다. 거기에 적힌 내용은 내가 어느 정도는 예상했던 일들로 가득 적혀 있었다. 중요한 것만 정리해 본다면 이렇다.

랑이가 일을 너무나 크게 벌린 이상 요괴의 존재를 더 이상 숨기는 것은 불가능하다. 각 정부는 공식적으로 요괴의 존재를 인정할 것이며, 그로 인한 혼란에 대한 대처에 집중하겠다. 그동안 나는 요괴들이 날뛰지 못하도록 관리를 해야 한다는 것도 명시되어 있었고…….

"어쩔 수 없나."

냥이는 전 세계를 혼란에 빠뜨린 테러범으로 규정되었다는 부분도 적혀 있었다.

"다 읽어 봤니?"

나는 깜짝 놀라서 고개를 들었다.

파자마를 입고 있는 나래가 앞에 있었다. 평소보다 가슴이 커진 나래가 말이야.

"또 멋대로 나래를……."

"나래라는 애는 잠들어 있단다. 걱정 안 해도 돼."

웅녀는 상냥한 미소를 지으며 가슴팍에서 의자를 꺼내 거기에 앉았다. 무슨 이야기를 해야 할지 고민할 필요는 없었다.

"잘 해 주었단다, 아가야."

"칭찬받으려고 한 건 아니야."

"결과적으로 보면 칭찬받아도 될 만한 일이었단다. 덕분에 낭군님의 뜻이 이루어지는 때가 앞당겨졌으니까."

"그 말 하려고 온 거야?"

"어머, 얘는? 나는 감사 인사도 못 하니? 정말, 요괴의 왕이 된다니 상상도 못 했던 일이란다. 그런 식으로 문제를 풀어갈 줄은 나도 상상 못 했어. 내가 보기에도 훌륭했단다."

"몇 번이나 같은 말을 하도록 하지 마."

"알았단다."

나래도 기분이 좋을 때는 저렇게 웃곤 한다.

"내가 여기 온 건 네게 도움을 주기 위해서란다."

옛날의 나라면 네 도움 따위는 필요 없다고 말했겠지만 지금은 다르다. 이제 어떤 일이 벌어질지 모르니까.

"어떻게?"

웅녀는 속을 떠보는 듯한 눈웃음을 지었다.

"곰의 일족, 네게 줄게."

내 머릿속에서 떠오른 청소년다운 망상을 진정시키느라 시간을 쓰고 말았다.

"왜?"

"홍익인간의 이념을 이루어야 할 네게 이 정도의 도움도 못 주겠니? 네가 앞으로 할 일을 생각하면 사실 이것도 모자란 감이 있겠지만, 네게는 호랑이와 세희가 있으니까 괜찮겠지."

네 말대로 나한테는 랑이와 세희와 나래와 치이와 폐이와 아야가 있으니까 그런 도움은 필요 없다는 말이 입 밖으로 나오려다 말았다.

"……알았어."

"어머?"

왜 놀라냐.

"너무 쉽게 받아들이는 거 아니니?"

"네가 날 속여 봤자 득 될 게 하나도 없다는 건 이미 알고 있으니까."

환웅의 뜻을 이루는 데 이제 나는 떼려야 뗄 수 없는 사람이 되어 버렸다.

"응. 의심하는 법 말고도 사람을 신뢰하는 법도 잘 알고 있구나. 네가 좋은 아이라 다행이란다."

웅녀는 의자에서 일어나 내게 다가왔다. 나래의 가슴이 출렁하고 흔들리는 동시에 웅녀가 내 머리를 쓰다듬었다.

"내 먼 증손녀들을 잘 부탁한단다."

그리고 웅녀는 나래의 몸에서 떠났다.

잠은 그대로 소파에서 잤다. 어른이 된 랑이와 같은 방에서 맨 정신으로 잠들 수 있을 것 같지가 않았거든. 내 잠버릇이 조금 위험한 것도 있고 소파에서 잔 것은 정말 지혜로운 판단이었다. 그렇다고 랑이에게 나는 소파에서 잤다는 것을 그대로 보여 줬다가는 분명히 또 난리가 일어날 게 뻔해서 나는 조심조심 내 방문을 열었다. 내 방에서 잠든 척을 하기 위해서였지만 안으로 들어간 순간 그런 생각이 싹 사라지고 말았다.

"헐?"

거기에는 랑이가 있었다. 랑이가 대자로 뻗어서 배를 드러내고 손으로 긁적이는, 귀여운 모습으로 잠들어 있었다.

그렇다. 귀여운 모습.

랑이가 어린아이의 모습으로 돌아가 있는 것이다.

……진정해. 마법의 단어가 스스로를 다스린다.

그래, 나는 강성훈.

서울 상공에 용 한 마리가 떠다니는 거나 남산에 거대 호랑이가 나타나는 것도 보았던 남자다. 이런 일 가지고 이성을 잃지 마라. 이런 일이 한두 번이었던가. 어른이 되었던 랑이가 아이가 되는 경우는 한두 번 있었던 일이 아니다.

"크……."

하지만 나는 진심으로 지금 일어나고 있는 일에 대해서 울분이 솟구쳤다. 그것은 상실감. 상실감이었다.

왜냐하면 이번에는 랑이가 오랫동안 어른의 모습이었기 때문에 앞으로도 계속 그 모습으로 있을 줄 알았거든. 그래서 일이 잘 마무리되면 어른이 된 랑이와 이것저것 하고 싶었던 게 많았단 말이다.

솔직하게 말한다.

진짜 이것저것요것그것 다 하고 싶었다고!!

"……혼의 외침이 느껴져서 깼더니 도련님의 욕망이었습니까."

뒤를 돌아볼 기운도 나지 않는다.

"설명."

"사춘기입니다."

"제대로 된 설명."

"이번 일로 주인님께서는 어른이 되어도 이상할 것이 없는 정신적인 성장을 이루게 되었습니다."

"그런데 왜 이러냐."

왜 우리 랑이가 저렇게 귀엽고 사랑스럽고 예쁘장하고 콱 깨물어 주고 싶은 어린아이로 변했냐고!

"……모르셔서 묻는 겁니까?"

"모르겠는데."

"아마도 스스로 어린아이로 있는 것이 좋다고 생각하신 것 같습니다. 정신에 육체가 반응한 것이겠지요."
"왜?!"
"……그건 자기 자신에게 물어보시는 것이 좋겠습니다, 로리콘 도련님."
세희가 인기척을 내며 뒤로 물러났다.
"저는 아직 졸려서 더 자러 가 보겠습니다."
대답을 할 기운은 나지 않았다.
왜 랑이가 어린아이로 변한 걸까. 왜 스스로 어린아이로 변하기를 원했는가.
그 질문에 대한 답을 생각해 내기 위해서 내 모든 뇌가 사용되었으니까.
"으냐아……? 성훈이느냐?"
랑이의 목소리에 정신이 든다. 아마도 세희와 나눈 대화 때문에 잠에서 깬 것 같다. 랑이는 몸을 빨딱 일으켜서 앙증맞은 손으로 눈가를 비볐다. 어제만 해도 몸에 딱 맞던 옷은 이제 너무 커져서 몸에서 흘러내렸다.
그 차이에 내 마음이 눈물 흘린다.
"으응? 왜 그러느냐? 무슨 슬픈 일이라도 있느냐?"
그걸 또 눈치챈 것 같다. 나는 푹 고개를 숙이며 말했다.
"아니야."
랑이가 네 발로 기어 와서 내 얼굴을 손으로 잡고서는 자신을 바라보게 만들었다. 잠에서 막 깨어났는데도 예쁘다니, 참…….
"그런데 왜 그러느냐?"

그런 생각을 하고 있을 때가 아닌 것 같다. 랑이의 눈동자에는 나에 대한 걱정이 가득하니까.

"네가 다시 어린애가 돼서 그런다."

"……응?"

이제야 눈치챘는지 랑이는 자신의 몸을 바라보았다.

그리고.

"얏호! 다행이니라! 다시 어린애가 되었느니라!"

나와는 정반대의 반응을 보였다.

나는 겨우겨우 걸치고 있던 옷을 방 안에서 팔짝팔짝 뛰며 간접적으로 벗으려고 하는 랑이의 어깨를 잡아 진정시켰다.

"너무 좋아한다?"

"당연하지 않느냐?! 성훈이는 내가 어린 것을 좋아하니까 말이니라!"

"에?"

"어제 물어봤을 때 알았느니라. 그때 너는, 분명 내가 어른이 된 것을 아쉬워하고 있었느니라."

그 말에.

"그래서 잠들기 전에 빌었느니라. 날 다시 어린애로 돌아가게 해 달라고!"

모든 수수께끼가 풀렸다.

그렇다. 난 분명 아쉬워하고 있었다. 더 이상 어린 랑이와 같이 놀 수 없다는 사실에.

하지만.

그렇다고 한들.

이건 아니지이이이이이이!!

다르다고! 그건 달라! 어린 랑이와 이런저런 짓을 할 수 없는 건 분명 아쉬운 일이다! 하지만, 하지만!!

난 어른 랑이와 하고 싶었던 이런저런 짓도 많았단 말이야!!

"응? 성훈아. 왜 그러느냐?"

……나는 이런 사실을 랑이에게 말할 수 없었다. 그저 말없이 랑이를 꼬옥 껴안는 것으로 내 마음을 전할 뿐.

그래. 아직 시간은 많다.

언젠가는 다시 어른이 될 거야.

그러니까…….

지금의 랑이와 함께하는 시간을 소중히 하자.

"아! 너무 기뻐서 그런 것이느냐?"

시끄러.

〈完〉

글쓴이의 끼적끼적

안녕하세요. 카넬입니다.

8권을 내고 나서 꽤 오랜 시간이 흐르고 말았습니다. 원래는 작년 12월에 책이 나올 예정이었지만 여러 가지 문제로 글을 못 쓰게 되는 일이 주위에서 일어나서 이렇게 늦게 뵙게 되었습니다.

죄송합니다.

후기를 적어야 하는데 뭐라고 적어야 할지 잘 모르겠습니다. 후기는 언제나 어렵지만 지금처럼 어려운 건 또 처음이네요. 다만 나와 호랑이님이 여기까지 오도록 도와주신 가족 분들과, 독자님들, 일러스트레이터 영인님과 작가님들과 편집자님께 감사의 인사를 드리고 싶네요. (감사의 인사는 가나다 순입니다.)

나호를 시작한 게 20대 후반이었는데 이제 30대 초반이 되어 버렸네요. 이 책을 처음 접하셨을 때 중1이셨다면 지금쯤 중3이 되었을 정도의 시간입니다. 아니, 고1이려나요. 독자 분들께도 저에게도 긴 시간이었고 저에게는 제 인생에 가장 의미 있고 뜻깊으며 기억에 남을 순간들이었습니다.

군대보다 더요.

왜 군대 이야기를 꺼내냐면, 이제 슬슬 군대에서 오는 팬레터나 엽서 같은 것이 많아졌기 때문입니다. 군대 가신 독자님들, 몸 건강히 전역하세요.

책을 내는 동안 많은 사람을 만났고 많이 일들을 겪었습니다. 이런 경험을 할 수 있도록 도와주신 독자 분들께 다시금 감사의 인사를 하고 싶습니다. 지금까지 나호를 사랑해 주시지 않으셨다면 저는 그 모든 것들을 겪지 못했을 테니까요.

뭔가 주저리주저리 말이 많네요. 언제나와 같이 조금 괴상한, 정신이 나간 듯한 후기를 쓰고 싶었지만 나와 호랑이님의 완결권이기에 그럴 수가 없었습니다.

……라고 생각했던 때가 처음 후기를 쓸 때만 해도 있었습니다.

랑이가 어린아이로 돌아가서 전 정말 다행이라고 생각합니다. 랑이가 어른이 된 다음에는 정말 글 쓰는 게 힘들었다고요. 초등학생은 최고에요! 그런 의미에서 표지도 일부러 어린아이의 모습으로 그려달라고 부탁했습니다. 하악하악. 성훈이는 어른 랑이와 이것저것 하고 싶은 것이 많다고 했지만 저는 어린 랑이와 이것저것 하고 싶은 것이 많습니다.

……아니, 이상한 의미는 아닙니다.

순수하게, 정말 순수한 의미로 하는 말이에요.

그러고 보니 순수라는 단어는 순수한 욕망 같은 용도로 쓸 수 있군요.

그러니 순진한 의미로 하는 말이라고 고치겠습니다. 독자분들께서는 지금 당장 펜을 꺼내 들어서 위의 순수라는 단어를 순진으로 고쳐 써 주세요.

그럼 작가의 정신 상태가 맛이 가는 후기는 이 정도로 끝내고 마지막으로.

그동안 부족한 글을 읽어 주셔서, 정말 감사했습니다.

◆ 본 작품의 의견, 감상을 기다리고 있습니다 ◆

보내실 곳 _

서울시 마포구 망원로 96 (망원동 연세빌딩) 6층
우편번호 121-900
㈜ 디앤씨미디어 시드노벨 편집부

카넬 작가님 앞
영인 작가님 앞

카넬 시드노벨 저작 리스트

『나와 호랑이님』 8.5
『나와 호랑이님』 8
『나와 호랑이님』 7
『나와 호랑이님』 6
나와 호랑이님』 5.5
『나와 호랑이님』 5
『나와 호랑이님』 4
『나와 호랑이님』 3.5
『나와 호랑이님』3
『나와 호랑이님』 2
『나와 호랑이님』
『나와 호랑이님』 9
『나와 호랑이님』 앤솔로지

나와 호랑이님 9

1판 1쇄 발행 2014년 1월 1일
1판 7쇄 발행 2017년 3월 31일

지은이_ 카넬
발행인_ 신현호
편집장_ 이석원
책임편집_ 문승민
편집부_ 이호준 · 고동남 · 유석희 · 문승민 · 신은경 · 송영규 · 이혜영 · 최종건 · 김지인
편집디자인_ 한방울
국제업무_ 정아라
영업 · 관리_ 김민원 · 이주형 · 조인희

펴낸곳_ (주) 디앤씨미디어
등록_ 2002년 4월 25일 제 20-260호
주소_ 서울시 구로구 디지털로 26길 111 JnK디지털타워 503호
전화_ 02-333-2513(대표)
팩시밀리_ 02-333-2514
E-mail_ seed_dnc@hanmail.net
홈페이지 www.seednovel.com

값 6,500원

ISBN 978-89-267-8269-9 04810
ISBN 978-89-267-8052-7 (세트)

반재원 지음
Eika 일러스트

초인동맹에 어서 오세요 1~12

초인도 시민도 엔터테인먼트도 대체 어디로 흘러가는가.

제3차 초인대전 발발! 초인이 엔터테인먼트인 시대는 끝났다!
초인원로회와 초인동맹 한국 지부를
테러리스트로 간주하고 공격하는 한국군!
지금 이 순간 「초인은 엔터테인먼트다.」 라는
슬로건을 지킬 수 있는 초인은 아무도 없었다.

초인 엔터테인먼트 제12탄이자
초인 크라이시스 제4탄!
더 데스 오브 언데드맨(THE DEATH OF UNDEADMAN) II !

오트슨 지음
INO 일러스트

미얄의 정장 1~7

자, 꿈을 죽일 시간이다.

돌아온 일상을 누리는 장민오 장세미 남매 앞에, 불길한 분위기의 소녀가 나타난다. 좌중이 얼어붙을 정도로 훌륭한 피아노 솜씨를 선보이는 소녀 '진아란'. 민오는 이상하게 그 소녀가 신경이 쓰이고, 세미는 그런 오빠의 모습에 짜증과 불안을 느낀다.

그리고 다음날, 이변이 일어났다. 등굣길에는 소녀들이 '웨딩드레스'를 입고 있는 모습이 민오의 눈앞에 펼쳐지고, 여동생 세미 역시 모습을 또다시 감추고 만다. 어째서 이런 일이? 혼란에 빠진 민오 앞에, 또다시 미얄이 등장하고 사태는 기괴한 형태로 흘러가게 되는데…….

작가 오트슨이 선보이는 고딕전기로망 시리즈 7권
전격 출간!

강명운 지음
Cherrypin 일러스트

꼬리를 찾아줘! 1~10

이날 영민은 완벽하게 죽었다.

오늘도 월화에게 애정표현을 하려다가 주마등을 보게 되고, 샤오얀에게 아까 천해 공주와 밀실에도 단둘이 무슨 일이 있었던 지에 대해 목검으로 추궁받는 영민의 일상.

이렇게 생명의 위기를 넘나드는 느긋한(?) 일상이지만 그 이면에선 드디어 월화의 마지막 꼬리를 손에 넣은 은호의 음모가 진행 되고 있었다.

천해 공주를 습격하고 하림과 서희를 인질로 잡아간 은호. 뜻밖에도 은호가 요구한 대상은 월화가 아닌 영민이었다.

[너와 관계된 요괴들의 목숨이 아까우면 너 혼자 아래의 장소로 와라.]

이에 영민을 비롯한 모두는 이것이 은호의 함정임을 직감하는 데…….

대단원의 끝을 고하는, 한국 전기 러브코미디 라이트노벨
그 열 번째 마당!